恋と謎解きはオペラの調べにのせて

MIYAKO HANANO

はなのみやこ

CHOCOLAT BUNKO

ILLUSTRATION kivvi

CONTENTS

1

色とりどりの光を放つ水面《みなも》が、ゆらゆらと揺れている。

プールに浮かべられた球体のライトはプールサイドを幻想的に照らし出しており、非現実的な空間を作り出していた。

ぼんやりそれを眺めていると、遠くから現地なまりの英語の挨拶《あいさつ》が耳へと入ってくる。プールサイドの中央へと視線を向ければ、数人の若い男たちが楽器を手に持ち、ちょうど演奏を始めるところだった。アロハシャツに、アコースティックギターやサックスといった楽器を手に持った彼らのバンド演奏は、想像していたよりも上手く、見ていたギャラリーはピューーッという指笛や、それぞれの国の言葉で男たちを盛り上げた。こういったところが、いかにも欧米人だとつくづく思う。

タイ国・プーケット島。リゾート地として有名なこの場所に来て既に五日が経ち、明日はいよいよ最終日だ。滞在しているのはヨーロッパに資本がある欧米では人気のホテルで、紅太《こうた》のようなアジア系の人間はあまり見かけない。リゾートホテルということもあり、客層の多くはカップルや男女のグループだ。そのため、紅太のように一人で来ている人間が珍しいのだろう。今もちょうど目の前を通りかかった白人の男性が、笑顔でウインクをした。そっぽを向いて相手をせずにいると、残念だという仕草をしてその場を去っていく。しつこくないところは、なかなかスマートでいい。ただ、繰り返されるやりとりにいい加減うんざりしてはいた。

ここに来てからというもの、ロビーのソファーに座っていても、ビーチを歩いていても、ことごとく声をかけられた。挨拶くらいならまだしも、中には自分たちと一緒に行動しないかと言ってきた人間もいた。相手に悪気はなく、厚意からなのだとは思うが、紅太はそれらの誘いを全て素気無く断った。

せっかく知り合いが誰もいない、海外のリゾート地に来たのだ。こんな時くらい周りに気を遣わず、自分の時間を満喫させて欲しい。一人の旅行は寂しいとか勿体ないとか、余計なお世話だ。実際、ほとんどの時間を一人で過ごしたものの、今回の旅行はとても有意義な時間だった。少なくとも、日本を出た時にはささくれだっていた気持ちが、緩和《かんわ》されるくらいには。

いや、そんなことはない。やっぱりムカつく……近くにいたボーイからドリンクを受け取ると、紅太はそれを思い切り呷《あお》った。

都内の駐屯地《ちゅうとんち》に勤務する幹部自衛官である坂崎《さかさき》紅太の、警視庁への出向が決まったのは、二カ月前のことだ。若手公務員が他省庁へ出向するなど今時珍しいものではないし、それだけ聞けば栄転のようにも思えるが、実際のところはそれとは真逆の、所謂《いわゆる》左遷《させん》人事だ。

半年ほど前、所属する駐屯地で行われた大規模合同訓練。統合幕僚長《とうごうばくりょうちょう》、そして陸上《りくじょう》幕僚長《ばくりょうちょう》といった錚々《そうそう》たる面々が集まる中、大きなトラブルもなく訓練は順調に進んでいたが、問題は最後に起こった。訓練の反省も兼ねた質疑応答中、連隊長の確認に対して直属の上司である運用訓練幹部が、言葉に詰まってしまったのだ。紅太の作った訓練計画を全く頭に入れていなかったことが原因だった。見兼ねた紅太は運用訓練幹部を補うように、質問に答えた。この訓練のため、連日寝る間を惜しんで働いていた隊員たちのためにも、そして何より自分のためにも説明する義務があると思ったからだ。

将官たちは紅太の解説に納得し、その計画の綿密《めんみつ》さに労いの言葉ももらえた。けれど、連隊内ではそうもいかなかった。連隊長は直後に紅太と運用訓練幹部を呼び出し、状況を説明するよう問い質した。そして、保身に走った運用訓練幹部により、一連の出来事の責任は全て紅太に押し付けられた。

思えば、その運用訓練幹部への印象は、配属された当初から良くなかった。仕事は全く出来ないが、上へのご機嫌取りだけは最高に上手いという、紅太の一番嫌悪《けんお》するタイプの人間だったからだ。

そのため、紅太はなるべく関わらないようにしてきたのだが、男の方は着任した当初から紅太に何かと絡んできた。歓迎会の席ではやたら近い距離で、べたべたと身体を触られ、不快感しかなかった。さらに飲み会、所謂合コンへも頻繁に誘われた。

絹糸のようにさらりとした色素の薄い茶色の髪に、同じ色のアーモンド型の大きな目。小ぶりではあるが高さのある鼻に、少し薄い唇。日に焼けない性質の肌は白く、人形のようだと称されることが多かった。既に年齢も三十近くになっているのに、未《いま》だ学生に勘違いされることがあるのも、全てその容姿が原因だろう。女性受けもそれなりに良く、運用訓練幹部が紅太に興味を持ったのも、そういった理由からだ。

紅太としては、仕事さえきっちりしていれば、私生活にまでどうこう言うつもりはない。けれどその運用訓練幹部は、何かと理由をつけては自分の仕事を周りに押し付け、翌日は酒が抜けきれないまま出勤するということが何度もあった。直接口には出さなかったが、紅太が軽蔑し、嫌悪感を持っていることは相手にもわかっていたはずだ。

それが気に入らなかったのだろう。運用訓練幹部は紅太の醜聞《しゅうぶん》をことあるごとに周囲へと吹聴《ふいちょう》した。周囲も紅太へは同情的ではあったが、運用訓練幹部自身が上司からの評判が良かったこともあり、誰も逆らえず、気が付けば職場で孤立していた。今回の件だって、ようは逆恨みだ。

自分が置かれた状況がわからないほど、紅太も愚鈍《ぐどん》ではない。次の定例異動でどこか別の場所へ飛ばされることは分かっていたが、まさか自衛隊から追い出されるとは思いもしなかった。そういえば、男は自慢気に自分の親族には代議士がいるとも話していた。もしかしたら、そちらの方から圧力がかかったのかもしれない。新年度前とはいえ、内示が慣《かん》例《れい》より一カ月ほど早かったのは、せめてもの紅太への温情だったのだろう。

期間すら決められていない出向は、戻る場所がない片道切符であることも薄々勘付いていた。

滅多《めった》なことでは落ち込まない紅太も、さすがに今回ばかりは精神的にくるものがあった。幼い頃から自衛官になることを夢見て、努力を惜しまず、トップを取り続けてきたのだ。それこそ、将来は自衛官としては最高位である統合幕僚長か陸上幕僚長か、と噂されるくらいには。それくらい、紅太の将来は明るかった。けれど、こうなった今ではこれまでの努力も全て水の泡だ。その現実を、しばらく受け入れることが出来なかった。旅行先にリゾートを選んだのはある意味、現実逃避だ。

考えごとをしていたからだろう。いつの間にやら何曲かの演奏が終わっていたようで、わあっという大きな歓声と、拍手が起こった。レパートリーは多いようで、ニコニコと笑顔を浮かべながら近くにいた宿泊客にリクエストを聞いている。

特に予定もなかったため、フロントで言われて参加したプールでのパーティーだが、思ったよりも面白かった。ただ、明日の午後には日本へ帰る予定だし、少し早いが、先に部屋へ戻ろう。そう思い、立ち上がりかけた時だった。

「え～すごい一路《いちろ》さん、タイ語が出来るんですか？」

聞こえてきた日本語に、反射的に振り返る。今まで気づかなかったが、紅太の斜め後ろにいたのは、日本人グループのようだ。二十代から三十代くらいの男女は、皆華やかな容姿をしている。特に女性陣は、テレビに出ている芸能人やモデルのように顔が小さく、スタイルも良かった。

「そうだよ、だからこっちの会社の立ち上げに一路に来てもらったんだ。今回は人手が足りなくて、プログラムの構築までやってもらったけどね」

「商談に一路を連れて来て失敗したことってないよな。本当、さっさと稼げない仕事なんて辞めて、コンサルにでもなればいいのに。うちならいつでも歓迎するよ」

話の内容から察するに、新進気鋭《しんしんきえい》のＩＴ企業の経営者とその友人の女性たち、といったところだろうか。そういえば、男性たちの顔はテレビかネットで見た覚えがあった。もしかしたら、女性たちの方は芸能関係者なのかもしれない。

けれど、女性陣はそういった男性陣には目もくれず、一人の男性をしきりと気にしているようだった。

「遠慮《えんりょ》しておく。人に使われるのは性に合わないからな」

低く、けれどとてもよく通る声だった。

周りの喧騒など一気にかき消され、男の声は紅太の耳にさらりと入って来た。

ちょうどその時、女性の位置が変わったことにより、一路と呼ばれている男性の姿が紅太の視界にも入ってくる。そして、驚いた。

形の良い凛々《りり》しい眉と切れ長の二重瞼《ふたえまぶた》の目、高い鼻梁《びりょう》に、少しだけ厚めの唇。それらの一つ一つのパーツが完璧なバランスで配置された滅多に見れないような美形だった。ただ、それだけ派手な顔立ちでありながらも、軽薄さは全く感じられず、醸《かも》し出す雰囲気はむしろ知的なものだった。着ている服も、サマーニットとひざ丈のパンツという紅太とそう変わらない格好なのだが、男が着るとどことなくノーヴルに見える。他人の美醜《びしゅう》にほとんど関心のない紅太でさえ見入ってしまうほどの美形なのだ。周りの女性たちが夢中になるのもよく分かった。

ただ、一路自身はそういった女性陣には相槌《あいづち》こそうっているものの、興味がないことは傍目に見ても明らかだった。

そんな様子もまたおかしくて、思わず視線を向け続けていると、こちらに気づいたのか、ちょうど一路と目が合った。

へ？

気のせいだろうか。一路は紅太に対し、その端整な顔できれいに微笑んできた。

覗《のぞ》き見ていたことがバレて、なんとなく気まずくなる。さり気なく視線をそらすと、今度こそビーチチェアから立ち上がった。

生演奏の音を遠くに聞きながらプールサイドを歩き、ホテルの客室の方へと向かう。ホテルの敷地は広く、フロントに行くまでには少しばかり距離があった。見おさめとばかりに、通り道にある南国の植物を眺めながら紅太が歩いていると、ちょうど逆方向からホテルマンが向かってきた。バンドマンたちの忘れものだろうか、手には大きなバッグを持っている。よく日焼けしたタイ人らしき青年だったが、すれ違った時、どこか違和感を覚えた。ホテルマンであるにも拘わらず、男はまるで人目を避けるように下を向いていたからだ。早足で、俯《うつむ》きがちに歩くその男の異様さが気になり、紅太は足を止める。

プールサイドから、発砲音と耳を劈《つんざ》くような悲鳴が聞こえてきたのは、それからすぐのことだった。

プールサイドへ戻る途中、今までパーティーで寛いでいた人々と何人もすれ違った。みな、顔を青くしている。

そこには、信じられない様な光景が広がっていた。先ほどまでにこやかに楽器を持っていたバンドの青年たちが、楽器を銃に持ち替え、宿泊客へと向けているのだ。

既に、一人が撃《う》たれているのだろう。パーティーの最中、中心で他のスタッフに指示を出していた初老の男性ホテルマンが肩を抑えている。逃げ遅れている人間は、恐ろしさに動けなくなってしまっているようだ。

紅太はホテルマンに拳銃を向けていた男を背後から蹴り上げると、そのまま怪我をしたホテルマンを立ち上がらせ、建物の方に戻るように言った。男は青い顔をしながらも頷き、肩を庇いながら歩いて行った。

「〇×△！」

タイ語のため意味はわからなかったが、男たちが紅太に対して激しく怒り、叫び声をあげたのはわかった。紅太は足がすくんでしまった人間や、座り込んでしまっている人間に次々に素早く声をかけ、逃げ道を伝える。そして男たちの方へと単身で向かっていった。

楽器を演奏していた男たちの数は六人、それに加え、先ほどすれ違った男もやはり仲間だったようだ。拳銃を持っている男が三人、小銃が一人。後の二人は何も持っていない。おそらく小銃は、楽器を入れていた大きなバッグに一緒に入れていたのだろう。すれ違ったホテルマンの持っていたバッグには、拳銃が入っていたようだ。これ以上武器はないかと一瞥《いちべつ》すれば、大きなバッグの中にある白い粉の袋がいくつか見えた。麻薬売買という言葉が、すぐに紅太の頭に浮かぶ。彼らが中毒者であるかどうかまではわからないが、何をしでかすかわからない、そんな空恐ろしさを感じた。

リーダー格の大柄な男は、紅太が近付こうとすれば、慌てたように発砲してきた。けれど銃の扱いに慣れていないのか、距離があるためか当たることはなかった。男が銃を確認している間に素早く近寄り、銃を持っている方の手へと思い切り蹴《け》りを入れる。

「ヒッ」

男の手から拳銃が落ち、カツンと音を立てた。素早く蹴ってそれをプールの中へと落とす。銃を失い、叫びながら反撃して来る男の拳を避けると、振り向きざまに膝蹴りを入れる。うっと呻いた相手は、そのまま倒れた。

体型が細身なこともあり、こういったことは不向きには見える紅太だが、部隊内で行われる格闘訓練で負けたことはなかった。鍛錬《たんれん》を行った屈強な自衛官に比べれば、明らかに動きで素人とわかる人間など相手にならなかった。

大柄な男が倒れたのを見ると、拳銃を持っていない周りの男たちが焦ったように次々と紅太の方へと向かってくる。振り上げられた拳が髪を掠ったが、すぐに相手の鳩尾《みぞおち》へと拳を入れる。二人目、三人目。さすがに無傷というわけにはいかなかったが、それほどのダメージは受けていない。

男たちが起き上がる前に、紅太は隅で小銃を持った男を狙った。拳銃とは違い、小銃を撃つにはある程度の訓練が必要だ。しかも男が持っているのは自動小銃でもない、アナログのものだ。紅太が男たちと揉《も》みあっている間も、仲間を撃ってはならないと思ったのか、ただ銃口を向けているだけだった。予想はしていたが、やはり見掛け倒しだ。男が紅太にスコープを向ける前に小銃の先を掴み、男を蹴り飛ばす。そのまま倒れ、気絶してしまったようだ。小銃は、プールの中へ沈めておいた。叫びながら向かってきた最後の一人は肘うちし、体勢を崩したところを思いきり背負い投げた。

けれど、ようやく終わったと胸を撫で下ろせば、

「た、助けて！」

おそらく、仏語だろう。女性の叫び声が聞こえ、すぐさま振り返れば、顔を青くした女性と、その女性を後ろから羽交《はが》い締《じ》めにしている男の姿があった。女性の身体には、拳銃が向けられている。

男は先ほど紅太がすれ違ったホテルマンだった。武器を持った男たちに気を取られていたため、逃げ遅れた女性がいたことに気付かなかった。表情にこそ出さなかったが、内心紅太は焦った。男の手は微かに震えていて、それが麻薬中毒者特有のものなのか、それとも緊迫したこの場のためなのか、判断がつかない。男は紅太に向かい、何か叫んでおり、人質となった女性はその声に身体をがたがたと震わせている。

紅太が動いた途端、確実に女性は撃たれる。運が良ければ掠り傷ですむかもしれないが、あの距離なら子どもが撃っても命中するだろう。どうにかして、彼女を逃がさなければならない。けれど、一体どうやって——。

男が紅太に対し、大きな声を出した。おそらく、離れろと言っているのだろう。一先《ひとま》ず、すぐ傍にあった木陰へと身を隠す。けれど、これからどう動けばいいのか。頭を悩ませていると、

「いい動きだったが、さすがに多勢に無勢だったようだな」

聞こえてきた声に、紅太は弾かれたように視線を向けた。まさか他に人がいるとは思いもしなかった。

そこにいたのは、日本人グループの中心にいた男だった。こんな状況であるにも拘わらず、優美な笑みを浮かべている。先ほどは座っていたため気付かなかったが、隣に並ぶと上背《うわぜい》もかなりあった。紅太も決して小柄な方ではなく、平均的な日本人男性の身長より幾《いく》分《ぶん》か高かったが、男はさらに十センチは高いだろう。

「どうしてここに？」

「どうしても何も、逃げるタイミングをなくしたに決まっているだろう」

それにしては、目の前の男には余裕があるように見えるが、今はそんなことを言っている場合ではない。

「だったら、人質の女性に男たちが気を取られているうちに、貴方は逃げてください！」

目の前の女性だけでも精いっぱいなのだ。この男性の面倒まで見てはいられない。そんな焦りが出たのか、心なしか早口になってしまった。紅太がそう言えば、何故か男は楽しそうな顔をして、口の端を上げた。

「俺があの男の注意を引く。合図をしたらすぐに動いて銃を使えなくしろ。右斜め後ろの木の陰に、まだ一人動ける男がいる、油断するなよ」

付かない。

男の言葉に、紅太は目を見開いた。突然の男からの指示に、さすがの紅太も理解が追いつかない。

「は？」

「出来るな？」

紅太の問いには最初から答えるつもりがないのだろう。畳み掛けるように男は言った。

そうは言われたものの、はいわかりましたと納得できるわけがない。だいたい注意を引くだなんて簡単に言うが、どうするというのか。

「行くぞ」

紅太の返答を待たず、そのまま男は木陰から出ていく。

「え？　ちょっと……！」

戸惑いはあるが仕方がない。こうなれば、乗りかかった船だ。女性を保護する方法を考えながら、紅太も、男の後を追いかけた。

紅太に説明していたように、女性を拘束している犯人に男は何かを話し始めた。タイ語で、紅太には意味を理解することが出来ない。けれど、叫んでいた男の表情には明らかな動揺《どうよう》が見て取れた。続けざまに、男は喋り続ける。

すると僅《わず》かに、拳銃が人質の女性ではなく下へと向けられた。そのまちらりと、紅太の方を一瞥する。それが、言っていた合図であることはすぐにわかった。

紅太は思い切り足を踏み出し助走をつけ、再び拳銃を女性の方へと向ける前に男を蹴り倒した。

あまりにも紅太の動きが速く、男は何が起こったのかわからなかったようだ。

安堵《あんど》した紅太が女性へと声をかけるため、横を向く。

その瞬間、紅太の肩が何かに包まれ、身体が強く動かされた。微《かす》かなフレグランスのにおいが、鼻孔《びこう》をくすぐった。

発砲音が聞こえ、先ほどまで紅太のいた場所に弾が飛んでいった。

「油断するな、と言っただろう」

肩を抱かれたまま、素早く繁《しげ》みの方へと移動し、そのまま腰を屈めさせられる。自分が男に庇われたのだと、理解するのに少しばかり時間がかかった。女性の方はどうなったのか確認すれば、逃げ出せたようで、既にプールサイドに姿は見えなかった。

「……すみません、ありがとうございます」

振り向き、素直に謝罪する。

「いや、上出来だった」

それに対し男が満足気に笑んだ。

優しい眼差しに紅太は目を瞠《みは》る。

男の指示は的確だった。紅太が女性を気遣う前に、背後へと気を配ればこうはならなかった。けれど、男はそれも予測した上で、紅太を庇《かば》ってくれたのだ。それも初対面の、赤の他人である自分に対して。紅太の心に、温かいものが満ちる。

同時に、紅太が駐屯地を去る時の上司たちの姿を思い出した。今まで、手足となり仕事をしてきたつもりだったが、最後は味気ないもので、まるで腫れ物に触るような扱いだった。組織からはじき出される紅太を守ろうとした人間は、誰一人としていなかった。

こっそりと紅太は隣をのぞき見る。涼しい顔をした男の心境を読み取ることは出来ないが、理知的な眼差しと、落ち着いた表情はとても頼もしく見えた。冷静な判断力、そして指示の的確さといい、この男の下で働けたらと、そんな風に思ってしまった。同時に、自分もいつかこんな風になれたらと。今日会ったばかりの人間に、憧憬のような思いを抱くなんておかしな話ではあると思うが、男はそれくらい紅太にとっては鮮烈で、印象的だった。

「あの……」

その時、けたたましいサイレンと、バタバタと人が走る音が聞こえた。紅太は一瞬怯《ひる》んだが、プールサイドに入ってきた男たちの服は、バンコクの街中で見たことのあるタイ警察のそれだった。

警察官は次々と倒れた男たちの下へと向かい、その中の数人は紅太の下へとやってきた。犯人グループの一員でないことは、外見からもわかったのだろう。

独特ななまりのある英語で労《ねぎら》いの言葉をかけられ、さらに話を聞かせて欲しいと言われた。それなら自分だけではなく、と紅太が隣を見る。けれど、そこについ先ほどまで話していたはずの男は既にいなくなっていた。

「……え？」

思わず、プールサイドをぐるりと見渡す。泣いている人質だった女性は保護され、紅太が気絶させた男たちも、みな警察に確保されていく。けれど、男の姿はどこにも見当たらない。

そのまま、紅太も警察官に促され、ゆっくりと歩き出す。振り返り、もう一度プールサイドを一瞥したが、最後まで男の姿を見つけることは出来なかった。

2

四月、警視庁。

朝の早い時間帯、人通りがほとんど見当たらず、自身の靴音だけがよく聞こえた。

警察学校での研修を終えた紅太は、今日から正式に警視庁勤務となる。

そして初登庁の今日、警視庁側の人間が紅太を迎える様子はおおよそ歓迎ムードとは言えないものだった。警察学校入学前に訪れたときも似たようなものではあったが、どちらにせよ招かれざる客であることに変わりはないだろう。

革張りのソファのある部屋の中心で、刑事部長だという恰幅《かっぷく》の良い男性は笑みこそ携《たずさ》えているものの、その目は全く笑っていない。かけられた言葉も丁寧ではあったが、厄介なものを警察庁から押しつけられた、そんな雰囲気をひしひしと感じた。

防衛省からの客人ではあるが、期間が決められていないこともあり、扱いに困っているのだろう。自衛隊では1尉《い》という地位だったことから与えられた警部補という階級も、警察官としての経験の浅さを考えれば見合っているとはとても思えない。

形ばかりの歓迎の言葉と訓示が終われば、隣にいた参事官だという男性から茶封筒を渡された。

紅太の配属先なのだろう。封筒には、『捜査資料管理係』と書かれている。

「いや、君のキャリアを見れば、私たちも最初一課あたりを考えていたんだけどね。管理係は係長補佐の席が既に半年近く空席だったこともあって、そのせいか、係長の方から君を指名してきたんだ」

用意していたかのような刑事部長の台詞は、体《てい》の良い言い訳であることはすぐにわかったが、黙って話を聞き続けた。こういったところは、どこの省庁も大した違いはない。

特に質問もなかったため、話を聞き終われば、部屋を退室することが出来た。

けれど、廊下に出た紅太はすぐにそれを後悔した。捜査資料管理係は刑事部の管轄であるため、刑事部長の専用個室のすぐ近くにあると思ったのだが、フロアを見渡す限りそういった部署は存在しない。警視庁自体、テロ対策等の保安上の理由で内部図を詳細に書いていないので、どこに何があるのかわからないのだ。こんなことなら、管理係の場所を聞いておけば良かった。

初日から迷子、というのは避けたかったが、そんなことも言っていられない。恥を忍んで誰かに聞くしかないだろう。そんなことを思いながら廊下に立ち尽くしていると、ちょうど近くにあった部屋の扉が開き、二人の男が出てきた。

「あー身体が痛い！　尾辻《おつじ》さん次はもうちょっと手加減してくださいよ。剣道なんて高校の体育でしかやったことない俺が、インハイ経験してる尾辻さんにかなうわけないじゃないですか」

「……よくそれで大会に出ようと思ったな」

「本当は出るつもりなかったんですが、山下《やました》班長から言われて仕方なく……尾辻さんこそ、出ないんですか？　真面目にやれば武道館も狙えるって聞きましたよ。あの大会、毎年決勝はテレビで中継してますよね！　俺、尾辻さんが出るなら応援に」

「全く興味ない」

世間話をしながら、二人はちょうど紅太の方に向かって歩いてくる。けれど通り過ぎる直前、先を歩いている尾辻と呼ばれていた男が立ち止まった。

「見ない顔だな。新入りか？」

細身のスーツをさらりと着こなした長身の男は、顔立ちこそ整っているものの、短髪で眼光が鋭く、いかにも刑事らしい風貌をしている。

後ろにいた男性は、爽やかな好青年といった雰囲気で、興味津々とばかりに紅太の方を見ている。

「はい。本日付で刑事部へ配属されました。坂崎紅太です」

「水嶋《みずしま》、何か聞いてるか？」

「え？　いや何も聞いてません。うちじゃないってことは、捜二か捜三かな」

その話を聞くに、どうやら二人は捜査一課の人間のようだ。

「所属は？」

「捜査資料管理係です」

紅太がそう言った途端、目の前にいる男の眉間《みけん》にしっかりとした縦皺《たてじわ》が刻まれた。

「水嶋、案内してやれ」

そして吐き捨てるように言うと、興味をなくしたように紅太の前を通り過ぎていった。

「へ？　俺？　ったく、面倒ごとはぜんぶ俺に押しつけて……」

残された後輩らしき青年――水嶋が、ぶつぶつと呟く。

「あの」

なんとなく申し訳ない気持ちになり、紅太が声をかける。

「ん？」

「場所を教えて頂ければ、一人でも行けますが」

紅太がそう言うと、水嶋は僅かに首を傾《かし》げ、そしてすぐに大きく首を振った。

「あー！　いやごめん！　今の、君に言ったわけじゃないから！」

「だけど」

「まだ勤務開始時間でもないし、管理係の場所って結構わかりにくいからさ。それに、今戻ってもどうせ尾辻さんにどやされるだけだし」

「はあ……じゃあ、お願いします」

困惑しながら紅太が頷けば、ホッとしたように水嶋が破顔《はがん》した。尾辻の名前を出しているが、親切心から言っていることはわかった。それなら、と紅太も素直に厚意に甘えることにした。


「え⁉　この時期に異動って珍しいし、何か事情があるとは思ったけど坂崎君、自衛隊の人なんだ？」

聞き上手なのだろう。管理係への道すがら、水嶋は自分の話をしながらも、紅太にそれとなく色々な話を振ってきた。話の流れから同い年だとわかると、親近感もあるのかさらに口調は軽くなった。

「出向期間も決まってないし、いつ戻れるかもわからないですけどね」

「え～勿体ないね、かっこいいじゃん自衛隊って。ほら、数年前に大ヒットした怪獣映画でも活躍してたし」

嫌みでも皮肉でもなく、素直にそう言っていることは水嶋の表情を見ればわかった。

「最近、多いよねー。地方の警察署では署長が自衛隊からの出向だったりするし。あ、じゃあ坂崎君も幹部自衛官？」

「まあ、一応……」

「だよねー。頭良さそうだもん。でも幹部ってことはもしかして坂崎君、階級高かったりする？」

ここで言う階級とは、自衛隊のものではなく、警察でのものだろう。

「一応、警部補《けいぶほ》らしいです」

「だよねえ、ごめん。敬語使わなきゃいけないの俺の方かも……」

「いや、分不相応にもらったものだし、気にしないでください。経験だって、水嶋さんの方がずっと上なんだし」

紅太がそう言えば、水嶋は少し驚いたような顔をして、なぜか嬉しそうな顔をした。

「坂崎君って、なんか見た目の印象とちょっと違うよね？」

「え？」

「人形みたいにきれいな顔をしてるし、雰囲気ツンとしてるから冷たい感じがしたんだけど、話してみると気さくだし、偉ぶってないし」

「いや……普通、だと思いますけど」

「そんなことないよ～、尾辻さんなんてずっと横で話してたらそのうち相槌《あいづち》一つうってくれなくなって、『聞いてます？』って言ったら『聞いてない』とか言うんだよ？　ひどくない？」

　口ではそう零しているものの、水嶋が尾辻を慕っていることは伝わってきた。

「確かに、厳しそうな先輩でしたね」

「誤解されやすいんだけど、顔が怖いだけで意外と面倒見はいいんだけどね。というか、さっきはごめんね。尾辻さんの機嫌が悪くなったの、坂崎君に原因があるわけじゃないから」

「あ、いや別に……」

　気にしてない、と言おうとすれば、水嶋がさらに言葉を続けた。

「尾辻さん管理係……っていうか、管理係の係長を目の敵《かたき》にしてるんだよね。名前出すだけで眉間に皺が寄るし」

「名前だけでって、それは相当ですね」

確かに、先ほどの尾辻の変化には紅太も驚いた、一体、どれほど嫌っているのかと。

「まあねー。だけど、管理係の係長もかなり癖《くせ》が強いからね……っと着いた、ここがそうだよ」

長い廊下の突き当たりまで行くと、一つのドアの前で水嶋が立ち止まった。同じ階でこそあるものの、捜査一課や二課からはかなりの距離があった。

一番端に追いやられているようにあるのも、係の位置づけがどのようなものであるか、なんとなく察することが出来た。

そんな紅太の心境を読み取ったのだろう。水嶋は紅太に苦笑いをし、今来た道を振り返ると、少し先のドアの方を指さした。

「多分、一番近いのはそこの三課だと思うから、もし何か困ったことがあったら聞くといいよ。三課の課長、人の好いおじさんだから」

「他の課の課長に？」

仕事でわからないことなら、係長に聞くのが一番なのではないだろうか。

「あー多分、管理係に入ったらわかるよ。なんていうか、俺も大したアドバイスは出来ないけど、愚痴《ぐち》ならいくらでも聞くから。今度飲みに行こう！　あ、携帯の番号とラインIDの交換してもいい？」

「あ、はい……」

ポケットに入れてあるスマートフォンを取り出し、互いの番号を交換する。

「じゃ、またね！」

紅太の肩をポンッと叩くと、水嶋は踵《きびす》を返した。

「あ、水嶋さん。ありがとうございます」

慌てて礼を言えば、水嶋は笑顔で手を振りながら、廊下を小走りに戻って行った。

それを見送った紅太は、改めて管理係の扉を見つめる。

水嶋はああ言っていたが、なんだかんだで公務員、しかも警察官だ。そこまで常識から外れた人間はいないだろう。そう思いながら軽くノックをし、ゆっくりとドアノブを引いた。

「え……？」

ドアを開けた途端、紅太の耳に入ってきたのは音楽だった。音量はそれほど大きくはないのだが、廊下が静まりかえっていたこともあり、殊更《ことさら》耳に響く。

音が漏れてはいけないと、反射的にドアは閉めたものの、正直に言えば、なぜ音楽が流れているのか意味がわからなかった。

聞こえてきた音楽は壮大なオーケストラに、女性の高く美しい声がのせられている。

これって、オペラ……だよな？

一体、どうしてオペラが、という疑問を持ちながらも、ゆっくり部屋の中を見渡す。

「は？」

思わず、呆《ほう》けたような声が出てしまった。部屋の中にあったのは、二つの机と椅子、ソファや棚、時計。それだけならば、普通の職場とそう変わらないのだが、驚いたのは、そのほとんどが明らかに省庁内には不釣り合いなほどにクラシカルで、洒落《しゃれ》たものばかりだったからだ。特にソファは、客人を迎える意図《いと》があるにせよあまりにも大きい。

「ノックもなしに入ってくるとは、些《いささ》か不躾《ぶしつけ》じゃないか」

聞こえてきた声に、ハッとする。傍らに感じた人の気配に、慌てて頭を下げる。

「すみませ……」

謝りつつも、よく考えてみればノックはしたのだし、この音で聞こえなかったのではないかと思ったが、そんな紅太の考えは顔を上げ、男の顔を確認した途端全て吹き飛んだ。

「あっ」

切れ長のきれいな二重に、高い鼻梁。ほんの少しだけ厚めの唇、凛々しく、意志の強そうな眉。そこにいたのは一ヶ月前、紅太をプーケットで助けた男性だった。

「あの、どうしてここに？」

「どうしてって……ここが職場だからに決まってるだろ」

ティーカップを手に持った男は、呆れたような視線を紅太へ向ける。

「そうだったんですか。じゃあ係長は……」

「部屋の中を見ればわかるだろ？　管理係の人員は二人だけだ」

つまり、この男が係長ということだ。目を瞠《みは》りながら、改めて目の前にいる男を見つめる。

こんな偶然もあるのか。二度と会うことはないだろうと思っていた男との再会に、胸が高揚する。

「そういう顔をすると、大きい目がこぼれ落ちそうだな」

驚いている紅太に対し、男の表情はあくまで涼し気だ。小さく笑うと、そのまま棚の前へと向かった。自然と、その姿を視線で追ってしまう。

そうか、警察官だったのか。それだったら、あの時の迅速で正確な判断にも納得が出来る。男の髪は刑事にしては長いため、思いもよらなかった。

どうやら、男は音楽を止めに向かったようだ。それほど詳しくない紅太でも本格的に感じたオペラの音源は、ＣＤではなくレコードだった。

しかも、よく見れば最近の簡易なものではなく年季の入った蓄音機《ちくおんき》だ。アンティークなその外見は、この部屋の室内装飾にもよく似合っていた。

「一路澪《れい》だ」

レコードを止め、無音となった空間で男が言った。

すぐにそれが名前であるとわかると、紅太は一路の前まで行き、頭を下げた。

「紹介が遅れて申し訳ありません。坂崎紅太です。本日付で警視庁刑事部、捜査資料管理係への配属になりました。まだ警察官となり、一月足らずと未熟者ではありますが、誠心誠意努力致す覚悟でありますので、なにとぞご教導」

「長い」

「は？」

そう言うと、伸びてきた一路の指に顎《あご》をつかまれ、そのまま上向かされる。強い力ではなかったものの、呆然とする紅太の顔を、何故か一路は満足気に見つめていた。

さり気なく後ろへ下がれば、手は離されたものの、端整な顔に熱心に見つめられ、気恥ずかしい気持ちになる。

「刑事部長からです」

自己紹介が途中であったことは気になったが、紅太は刑事部長から渡された書類を一路へと差し出す。

「必要ない、その辺に放っておけ」

「……は？」

一路は紅太の書類を見ようともせずにそのまま椅子へと座り、優雅に瀟洒《しょうしゃ》なカップへ口を付けた。

「坂崎紅太。一九九×年四月一日生まれ。防衛大学校・情報工学科出身。職種は普通科。階級は1等陸尉《いっとうりくい》。身長一七二センチから三センチ、筋肉量はそれなりにあるが骨のつくりが細いため体重は軽い。子ども時代に一時東北に住んだ経験がある。空手を習い始めたのは少年期から。サッカーもその頃始めたようだな。今日は刑事部長に挨拶したあと、管理係の場所がわからず迷い、水嶋に案内されてここまで来た」

まるで見てきたかのように紅太の経歴を述べていく一路に、ポカンとしてしまった。

「……どうして、そこまでわかるんですか」

生年月日や出身校に関しては、事前にデータを一路が見ていたのだろうが、明らかに書類には書かれていないことまで言い当てていた。

「サッカー部だって、指摘されたのは初めてなんですが」

「足の形は良いからな。ただ、歩く時に重心の移動がサッカー経験者特有のものになっていた」

一路に指摘され、思わず紅太は自分の足を見る。恐ろしいまでの洞察力《どうさつりょく》だ。

「腕や足の動きもよかったから、空手の経験があるとすぐにわかった。黒帯くらいか？」

これも当たっていた。ここまでくると、少しばかり気味が悪い。

「じゃ、じゃあ水嶋さんは……」

「曲をかえている最中、あのうるさい声が聞こえてきた」

つまり、紅太が部屋に入ってくるのがわかっていながら、そのまま放置されていたのだ。

紅太の頬が、僅かにぴくりと引きつる。

「エスコートが必要だったか？」

紅茶を飲み終わったのか、頬杖をついた一路が楽しげに笑った。意地の悪い笑みではあるが、顔が整っているため妙に様になっている。けれど、エスコートと言う言葉にはカチンときた。一路はそのつもりはないのだろうが、中性的な容姿がコンプレックスである紅太は、女性のように扱われることには強い抵抗がある。

「いえ……それよりも。プーケットの時は、ありがとうございました」

「ああいい、頭は下げるな」

一路に止められたため、仕方なく紅太はそのまま言葉を続ける。

「きちんとお礼が言えていなかったので……ただ、あの後大変だったんですよ？　ホテルのスタッフや他の宿泊客が説明してくれたので、事件との関係こそ疑われませんでしたが、一人で全部犯人と応戦したのかって言われて、一路さんのことを説明しようにも、どこにも姿が見当たらないし」

「だろうな、あそこにいたら、面倒なことになるのは目に見えていた」

まるで全てわかっていたかのように、一路が言う。

その面倒ごとは残された紅太が全て引き受けることになる、とは考えなかったのだろうか。そう言ってやりたかったが、一路がいなければ紅太自身の命が危うかったのも事実であるため、ぐっと堪える。あの場で一路のような冷静な判断が出来る人間は、なかなかいないだろう。

「そういえばあの時、犯人を動揺させるためになんて言ったんですか？」

タイ語であるため紅太にはわからなかったが、一路の言葉にあの時の犯人は明らかに動揺していた。

「金を出せ、仲間を開放しろと叫んでいたから、何らかの犯罪組織の一員であることはわかったからな。わざわざホテルを選んだのも、強盗目的というより、外国人観光客を人質に取るためだろう。ただ、タイは貧富の差が激しく、あの辺りの教育環境は整っていない。あんなに堂々と鞄に麻薬を入れている時点で、何も知らない無知な若者が半ば騙《だま》されて犯罪を犯してるのがわかった。だから、このまま捕まればどういった量刑を受けるのか具体的に教えてやったんだ。麻薬を所持していただけで死刑になる国だからな、そこにテロも加わればどうなるか、死刑方法もこと細やかに教えてやった」

一路の言葉に、紅太の顔が引きつる。確かにそれだけ言えば、犯人も動揺するだろう。

ただ、一歩間違えれば挑発ともとられかねない。

「相手は麻薬中毒者かもしれないんですよ？　もしあの場で錯乱《さくらん》した犯人が発砲したら、どうするつもりだったんですか？」

「ラリッてたらあの時点で銃を乱射してるはずだ。まあ、あれだけ動揺していれば、撃ったところで当たる確率は低いだろうがな」

「だけど、もし動揺した犯人が女性を撃ったら……」

「国外に遊びに行くということは、時にそういったリスクもあるということだ。宗教対立だってあるあの地域は、以前から外務省が注意喚起《ちゅういかんき》をしている場所でもある。にも拘わらず、何も考えずにのこのこ遊びに行く平和ボケした奴にも問題がある」

確かに、渡航情報でタイ南部は時折危険度が増すことはある。けれど、少なくとも紅太が旅行直前に調べた時にはそれほど高い危険度にはなっていなかったはずだ。何より、考え方は人それぞれだとはいえ、公職についている人間の発言としてはあんまりではないだろうか。辛辣《しんらつ》な物言いに、紅太の顔が引きつる。

そんな紅太の反応など気にも留めず、一路は立ち上がると飲み終わったカップとソーサーを別の部屋へ下げに行く。

紅太の存在が目に入っていないわけではないのだろうが、あまりにマイペースな行動に面食らう。

「あの」

そのまま自分の席へと戻ろうとする一路を、慌てて呼び止めた。

「なんだ？」

「この部署の、捜査資料管理係の仕事の内容に関して、教えて頂きたいのですが」

「教えてって、刑事部長はなんの説明もしなかったのか?」

「はい……」

「それはまた、気の毒にな」

そう言いながらも、その表情は気の毒だとは全く思っていなそうだった。訝《いぶか》しみながら紅太が一路を見れば、ニッとその口の端が上がった。

「ついて来い」

そう言うと、一路はドアとは別の方向へと歩き出した。

予想通りそこはちょっとした給湯室になっており、シンクの隅には一路が使ったカップとソーサーが置かれていた。一路はその先にあるドアを開くと、壁際にあったスイッチへ手を伸ばした。部屋の中がパッと明るくなり、中の様子が目に入る。

「……資料室、ですか?」

いくつもの棚には、おびただしい数の書籍やファイルが乱雑に並べられている。さらに中心にある大きな机の上には、今にも崩れんばかりのたくさんの書類が重ねられていた。

「捜査資料、と聞いて、まず何を想像した?」

「それは……捜査に関する資料。容疑者の情報や調書といった、諸々の資料ですが」

「だろうな。じゃあ、次の質問だ。東京都内にはいくつ警察署があるか知ってるか?」

「十の方面本部に、百二の警察署が配置されている、と教えられました」

つい先日警察学校で学んだばかりだ、さすがに覚えている。

「記憶力は悪くないようだな。それだけの数の警察署があるんだ、都内で起きる様々な事件は、ほとんどは所轄《しょかつ》で処理される。さらに、それ以外の大きな事件や事故の場合は、警視庁内のそれぞれの部署が自分たちで行う。つまり管理係が行うのは、他の部署が管理出来ない小さな事件や事故の資料をまとめ、保管し、時期がくれば廃棄《はいき》する、といったことだ」

「小さな事件、とは……」

「取るに足らない事件ということだ」

紅太の問いに答えた一路は、積まれた書類の一番上にあったものを手に取る。

「十五時三十分、ももちゃんが行方不明になったと涙声の女性が警視庁に電話」

「誘拐事件ってことですか？」

小さな事件とは、とても思えない。

「いや、目を離した隙に飼い犬がいなくなったそうだ」

「飼い犬……」

ももちゃん、というのは犬の名前ということか。

「他に寄せられる相談は、ご近所トラブルが多いようだな」

一路は最初の書類を元の場所に戻すと、隣の書類の山からもう一枚抜き取る。

「過去にはピアノの音が煩いという理由で殺人事件に発展した事例もあります。一見些細《ささい》なことでも、大事件に発展する可能性がありますよね」

「この資料によれば、隣のご婦人がブランドの新作バッグとご主人の役職が上がったことを自慢してくるのが許せない、とのことだ」

鼻で笑った一路が、書類を再び元の場所へと戻す。さすがの紅太も、言葉を失った。それ以外の書類を手に取り、目を通せば、どれも一路が言う内容と似たり寄ったりの相談ばかりだ。

確かにこういった些細なものまでまとめていると、他の課は仕事にならないだろう。それでも市民の声であるため、無視するわけにはいかない。

「残念だったな」

「え？」

書類を手にしたままの紅太へ、一路が笑みを向ける。

「刑事として華々しく活躍したかっただろうに、当てが外れたな」

一路の言葉に、紅太の眉間に皺が寄る。けれど、それすら一路にとっては楽しいようだった。

「時間が経てば、まとめて廃棄される資料がほとんどだ。基本的に出勤さえすれば自由に過ごしていい、気楽にやってくれ」

それだけ言うと、一路はドアを開け、外に出るよう紅太を促す。

確かに、ここにある資料はみな大きな、重要な事件と無縁のものばかりだ。それこそ、一路が言うように取るに足らない、捜査資料とも言えないもので、数ヶ月後には廃棄されてしまうのだろう。

だけど、それでも書類の一つ一つは誰かが警察に助けを求めた声だ。何より、一路から放たれた一言に、紅太は内心ムッとした。これまでの紅太の経歴を知っていて、それを揶《や》揄《ゆ》しているのだろう。

そのまま一路を振り返ると、その目を見つめてハッキリ言う。

「小さな問い合わせだって、市民の声に変わりありません。それに、俺は仕事に華やかさなんて求めてません」

その言葉が意外だったのか、一路の目が僅かに見開いた。

「一路さんは戻っていてください。俺は、ここの資料を整理します」

膨大《ぼうだい》な書類の数を整理するのに、どれだけの時間を要するかは、想像もつかない。けれど、これが今の自分に課された職務なのだ。

背を向け、黙々と目の前の書類を確認し始めた紅太を、一路はしばらくの間見つめ続けていたが、やがて興味を失ったのか、すぐに部屋を出て行った。

紅太は深いため息を吐く。

「ありえないだろ、この量……だいたい、どれだけため込んでるんだよ」

日付を確認すれば数カ月前で、明らかに何の処理もされないまま放置されている。これを一人で処理するなんて、一体どれだけの時間がかかるんだ。しかし、あれは本当にプーケットで出会った男と同一人物なのか？

厄介払《やっかいばら》いで出向となったのだから、重要な部署に配属されるとは最初から思っていなかった。窓際部署で、モチベーションが低い係長というのもわからなくはない。だけど一路にはそんな姿勢でいて欲しくなった。

初めて一路と会った時の、冷静で、的確な判断を思い出す。こんな男の下で働けたらと、密かに憧れた。けれど、いざ再会してみれば、一路は理想の上司でもなんでもなく、むしろ仕事に対して不真面目極まりない男だった。最初の印象が良かったこともあり、正直失望した。失望どころか、ふつふつと怒りすら沸いてきた。

よく考えてみれば、プーケットの時だって一路がいなくなってしまったため、タイ警察への説明に苦心したのだ。

こんなことなら、再会しない方がよかった。椅子を引き、座った紅太は深いため息を吐いた。

3

朝の警視庁。人が少ない時間帯であるため、自分の足音がよく聞こえた。エレベーターから一番遠い場所にある管理係のドアを開け、照明をつける。

管理係に配属されて三週間。

登庁すると、まず管理係の室内清掃を行うのが、紅太の日課となっていた。一応警視庁には定期的に清掃の人間が入っているのだが、朝一番に黙々と清掃するのは、紅太自身の気持ちを整えるためでもあった。

それが終わると、次に各課へ整理し終えた資料の確認と、さらに新たな資料がないかを聞きに行く。これまでは管理係へ渡される資料は、定期的に各課から届けられていたのだが、本来の業務が忙しいのか、その都度持ってくることはないため、あれだけの量が溜まっていたのだ。

だから、紅太は資料を整理するのと同時に、新しい資料も受け取るようにしていた。

最初は面倒くさそうにしていた各課の担当も、一週間も経つ頃には紅太のために書類を用意して置いてくれるようになった。本来は各課で行う仕事を管理係が行っているのだ、その方が自分たちのためにもなると思ったのだろう。

ただ、元々そうだったのか、それとも紅太が頻繁《ひんぱん》に顔を出しているせいかはわからないが、よほど暇だと思われているのだろう。気が付けば、忙しい課を手伝うための、助っ人として呼ばれることも多くなってしまった。一課にも何度か呼ばれたことがあるが、水嶋曰《いわ》く、紅太の書類の処理の速さが買われている、ということらしい。

体の良い雑用係だということはわかっているため、正直嬉しくはない。ただ、管理係で一路と二人でいるよりはまだよかった。

そのため、資料整理の合間にちょくちょく他の課へも顔を出すことにしたのだが、それに対し、なぜか難色を示したのは一路だった。忙しい紅太を心配しての言葉では勿論ない。「本来の業務以外の仕事をしすぎて、俺にまで余計な仕事がきたらどうしてくれる」という、あくまで自分本位な理由だった。終始、こんな感じだ。ああ、殴りたい、と何度思ったかわからない。

自由にしていい、と紅太に言っただけのことはあり、一路自身も常に勝手気ままに過ごしていた。配属初日以降、一路の言動や姿勢に落胆《らくたん》し、それは日数を重ねる毎《ごと》に反感へと変わっていった。

別に一路も本当に何もしていない、というわけではない。資料を見ていたり、またはPCの画面に何か打ち込んでいたり、作業はしている。捜査資料に関しても、紅太が聞けば質問には答えてくれるし、資料のほとんどに目を通していることもわかった。なんだ、真面目なところもあるじゃないか。素直に感心し、聞いてみれば、

「調書の内容も確認せず、バカの一つ覚えみたいにこっちに書類を回してくる人間が多いからな」

と、苛立ったように言われた。つまり、資料を回してくる他部署の人間を全く信用していないということなのだろう。

「一課の連中なんて特にひどいぞ。刑事は足で仕事をするもんだ、なんて言って意味もなく出かけるくせに、聞き込みすらまともに出来ていないんだからな」

「……随分、詳しいんですね？」

まるで、見てきたかのような台詞だ。

「以前の所属先だからな」

「え？」

思わず、聞き返してしまった。捜査一課に所属していたということは、一路も刑事として一線で活躍していたこともあったのだろうか。

「……なんで管理係に異動になったんですか？」

一路はちらりと紅太の方を見たが、その問いには何も答えなかった。ムッとはしたが、紅太もそれ以上は追及しなかった。どうせ、職務態度の不真面目さから飛ばされたんだろう。

一路の言うように、送られてくる捜査資料には漏れがあることも確かだ。そして、他人に対して辛辣なだけのことはあり、一路の資料を確認するスピードは早く、正確だった。指示も的確ならば、話も理論的。数日前に聞いた内容も全て覚えていることから、記憶力も抜群に良いことはわかる。若くして警視となっていることからもキャリア組で、能力自体はとても高いのだろう。

かといって、紅太の仕事を手伝う気は全くないようだ。そのため、ここのところ残業続きの紅太に対し、一路は常に定時で帰っている。

紅太は一度だけ、一路にそれとなく資料整理をする気はないか聞いたことがあった。けれど、

「緊急でもなければ、仕事とも言えないようなものなのだから、残業してまでこなす必要はない」

と、ばっさりと切り捨てられた。確かに、紅太の行っている仕事は誰にでも出来るものばかりだ。単調で単純、一路には物足りないだろう。だからといって、実際にそれを行っている紅太に対してそれを言うのは、あまりに無神経ではないだろうか。何より、堂々と手を抜いている一路の仕事への姿勢に、さすがにカチンときた。

「……一路さん、警察官ですよね？　公職に就いているなら、国民の負託《ふたく》にこたえるためにも、自分に出来うる最大限の力を発揮すべきだと思いますが？」

「負託、ね……」

鼻で笑われ、紅太の頬が引きつる。

「じゃあ言わせてもらうが、ここでしゃかりきになって働いたとして、俺になんのメリットがある？」

「メリットって……」

「わかっていると思うが、こんな窓際部署で頑張ったところで、人事に評価なんて全くされないし、出世にも結びつかないぞ」

「一路さん、出世したいんですか？」

「いや、全く」

「じゃあ、なんで……」

「はっきり言わなければわからないか？　俺は給与分の仕事しかしない。俺に仕事をさせたかったら、それに見合うだけのギャランティを持ってこい」

あまりの言いように、頬がぴくぴくと引きつる。もはや、反論すらする気持ちになれない。

「まあ、お前がどうしてもっていうなら手伝ってやってもいいが？」

「結構です」

一路に助けなど求めるものか。既に、紅太の中の一路の好感度はただ下がりで、もはや嫌悪にすら近い感情を持っていた。

紅太の努力のかいもあり、溜まっていた資料は日に日に少なくなっていった。

スキャナーに資料を読み込むという仕事が一段落ついたため、紅太は一路に紅茶を淹《い》れ、シュークリームを差し出した。何で俺が……という気持ちはあるが、一応上司なのだから仕方がない。

「人生を損していると思わないか？」

「は？」

席へと着いた紅太が一路を振り返れば、ちょうど一路がこちらへ視線を向けていた。紅太と一路のデスクはちょうど反対向きに設置してあるため、日頃は互いに何をしているかよくわからない。顔を見なくてよいため紅太にとってはありがたかったが、今の一路は座り心地の良さそうなハイバックチェアを回転させ、身体ごと紅太の方を向いていた。

片手にカップを持ちながら、長い足を組む姿は、物語に出てくる貴族のようだ。

「別に、損だとは思いません。このシュークリームだって、平田《ひらた》課長から頂いたものですし」

紅茶と一緒に出したシュークリームは、ちょうど昼過ぎに資料を届けに行った際、三課の課長である平田からもらったものだった。平田は水嶋からも聞いていた通り、見るからに人の好い、好々爺《こうこうや》といった風体の男性だ。他の課の人間とは違い、最初から紅太に対しても親切で、好意的だった。

紅太の言葉に、一路がシュークリームと紅太を交互に見る。

「甘い物が好きなのか？」

「……悪いですか」

「いや、いいんじゃないか。平田課長からするとお前は孫みたいなものなんだろうな」

一路に愉快そうに言われ、少しばかり複雑な気分になる。

「孫って……」

確かに平田はあと数年で定年だし、年齢よりも年嵩に見えるが、さすがに孫というのは言い過ぎではないだろうか。

「他に好きな食べ物は？」

「え？」

「主食が甘い物、というわけではないんだろう？」

「和食が好きです」

「ああ、やっぱりな」

「やっぱりな……？」

「駅の近くの定食屋に並んでるのをよく見かけるからな」

一路が言うように、紅太は頻繁に駅付近の定食屋へ昼食をとりにいっている。夫婦で切り盛りしている昔ながらの定食屋で、早い、安い、美味いと水嶋から教えてもらったのだ。庶民的で、リーズナブルな店だが、一路も興味があるのだろうか、と少し意外に思う。

「俺からしてみれば、いくら味がよくても、あんな行列に並ぶ人間の気がしれないけどな」

やはり、一路は一路だった。小ばかにしたような言い方に悪気はないのだろうが、紅太を苛立たせるのには十分だった。そもそも、なんで今日はこんなに自分に話しかけてくるんだ。

いい加減会話を終わらせたいと紅太は思っているのだが、一路は何故か興味深そうに話を聞いている。そのうちに、休日は何をしているのか。本を読むのは好きか、などと次々と質問がとんでくる。古い映画や本についてはー路も詳しいようで、その点だけは紅太も楽しく話を聞けた。とはいえ、最初こそ素直に答えていたものの、そもそも一路と話すのは乗り気ではないため、紅太も辟易してくる。

「じゃあ今、つきあっている恋人は？」

「……あの、いい加減にしてもらえませんか？　ここは合コンか街コンの会場ですか？」

既に数え切れないほどの質問がされた後であるため、ついきつい返答をしてしまう。

「なんだ、やっぱりいないのか」

「一路さんに関係ありますか!?」

嘲笑《ちょうしょう》され、思わず感情的に言葉を返してしまった。

「関係はないが、興味はある」

つっけんどんとした言い方に、不快にしてしまったかと思ったが、一路はそういった素振りは見せず、至って冷静に言葉を返した。

「……興味？」

「ああ。お前ははじめて会った時から印象的だったからな。旅先で、わざわざトラブルに顔を突っ込む無鉄砲で考えなしの日本人がいると思ったら、他省庁からの出向者リストに同じ顔の人間がいるから驚いた。こんなスタンドプレーをするような人間が幹部自衛官、しかもインテリジェンス機関の人間だったとは、呆れてものが言えなかった」

インテリジェンス機関、というのは情報機関、ということだろう。確かに紅太は、数年前に情報保全隊《じょうほうほぜんたい》に所属していたこともあった。

結果的に目の前にいる一路に助けられたのだから、自身のプーケットでの行動は向こう見ずで冷静さにかけていたという自覚はある。だからといって、ここまでこき下ろされる筋合いはない。

「じゃあ、そんな無能な自分を、なんで管理係に呼んだんですか」

「ああ、それは」

一路が持っていたティーカップをソーサーへと置く。

「顔が好みだったからだ」

言われた言葉を、紅太の脳はすぐに認識することが出来なかった。

「は、はあ!? 顔? それが理由?」

「容姿に自信がある人間は、いくらでも周りに集まってくるが、女の場合作り物やまがい物も多いからな。化粧や整形技術が発展してきているとはいえ、やはり作り物には違和感がある」

水嶋に聞いた話では、一路の生家は資産家で、受け継いでいる資産を運用するだけでも、贅沢な生活が出来るのだという。どうりで、着ているスーツが毎回のように違い、質が良いはずだ。さらにこの容姿なら、女性も放っておかないだろう。

ただ、本人は自身の話が自慢話になっていることに全く気付いていないようだ。

「だが、お前の顔の美しさは素直に賞賛に値する。目、鼻、口とそれぞれのパーツの形も良ければ、それらが全てバランス良く配置されている。特に、目は理想的なアーモンドアイだ」

熱心に語る一路に悪気がないことはわかる。むしろ、本人なりに紅太のことを褒めているつもりなのかもしれない。けれど、容姿をベタ褒めされることは、紅太にとっては地雷でしかない。

「全く嬉しくないんですが。むしろ、そんな理由で俺は管理係に呼ばれたんですか？」

「そんな理由？」

紅太が内心の怒りを抑えつつ言えば、むしろ一路は心外だとばかりにその形の良い片眉を上げた。

「この俺が容姿を褒めるなんて滅多にないことだぞ。理由としては、十分すぎるくらいだろう」

大真面目に言われ、頭が痛くなってきた。

「それに、この課には俺がいるわけだから、部下が誰であるかは大した問題でもない。それだったら俺の視界が、楽しめる方がいいだろう」

さらに続いた言葉に、紅太は今度こそ声を荒げたい衝動を必死で抑え、口を開く。

「確かに、俺は警察官としては経験もない若輩者《じゃくはいもの》だとは思いますが、一路さんの気まぐれで配属先が決まったのは大変に心外なんですが」

心外、という言葉を強調してしたのは勿論故意だ。

「ああ、言っておくが最初のきっかけはお前の容姿だが、今はそれ以外もそれなりに評価してるぞ。紅茶の淹れ方は専門店より上手いし、毎朝オペラをセットしておいてくれるのも助かってる……曲数が制限されたのは痛いが。不満げな顔であれこれと働く姿も、見ていてなかなか面白いからな」

評価されている技術は、全く持って警察官としての資質は関係のないものだった。何より、引っかかったのは最後の台詞だ。

「不満げな顔って……」

「自分で気付かなかったのか？　言葉遣いや態度こそ丁寧だが、ああ、こいつ俺のこと嫌ってるなって丸わかりだったぞ」

「別に、そこまでは……」

相手に伝わるほど、表情に出ていただろうかと、気まずくなる。

「今更取り繕わなくていい。最初キラキラした瞳でこっちを見ていたかと思えば、今では親の仇でも見るような目で見てるからな」

「……不快な思いをさせていたとしたら、すみませんでした」

子どもではないのだ。上司にあからさまに態度を悪くしているとしたら、社会人としては失格だろう。

「不快？　勘違いするな、別にお前にどう思われようとどうでもいい。そもそも、俺だってお前の外見は素晴らしく好みだが、中身はクソみたいだと思ってるからな」

「……クソ⁉」

「クソみたいに真面目でクソみたいに頭が固い、ついでに細かすぎる。几帳面《きちょうめん》すぎるのも大概《たいがい》にしろ。上に逆らって自衛隊を追い出されたって話だし、どんな面白いやつかと思ってたのに、がっかりしたくらいだ」

言葉のとおり、ボロクソだ。あまりの言い草に、今すぐ残っている紅茶を一路へとかけたい衝動にかられる。

「このスーツは気に入ってるんだ、クリーニング代は請求するからな」

そんな紅太の感情を読み取ったのか、一路が口の端を上げて言った。

「俺だって、いくら能力が高くても、貴方みたいに職務態度が不真面目な、人として最低な方の下で働きたくなんてありませんでした！」

思わず口から出た、紅太の本音だった。

「それは災難だったな、だが残念ながらお前の引き取り手はどこにもないぞ。配属先だって、俺が言わなくてもどうせここになってただろう。引き受け手がいないお前をわざわざ指名してやったんだ。感謝されてもいいくらいだと思うが？」

どこまで人の神経を逆なでするのか。怒りで、言葉が出てこないという経験を初めて紅太は経験した。

「ご指名を頂き、ありがとうございます。ただ俺と一路さんはやはり性格があわないようなので、出来ましたら今後は俺のことは放っておいてくれませんか？」

「は？　なんで」

「なんでって……」

「俺が話しかけるたびに、嫌そうな顔のお前を見るのはなかなか楽しいからな。これからもとことん構い倒してやる」

「迷惑以外の何物でもないんですが！」

今更上辺《うわべ》を取り繕ったところで意味はないだろう、遠慮なしにそういえば、何故か一路は楽しそうに笑った。

「まあ、嫌悪感を抱かれる方が、恋愛感情を抱かれるよりよっぽどいいかもな」

「……は？」

「恋情におぼれて、ここをやめる人間も中にはいたからな。お前の顔が見られなくなる上、紅茶が飲めなくなるのは俺にとって大いに損失だ」

確かに、一路の容姿は男の紅太でも目を引くほどに整っている。特に紅太は自分の線の細い容姿をコンプレックスに感じているため、一路の男性的な容姿は単純にうらやましくはある。だけど、あくまでそれだけだ。どこをどうしたら、自分が一路に対して恋愛感情を抱くという話になるのか。

「天地がひっくり返っても一路さんに恋愛感情を向けることはありませんから、ご心配なく」

頬をぴくぴくと引きつらせながら、低い声で紅太は言い返す。

すると、何故か一路はムッとした表情をした。全く、一体自分にどれほどの自信があるのか。これ以上話しても埒《らち》が明《あ》かない。紅太は空《から》になったカップと皿を回収し、部屋を出た。

紅茶の瓶がたくさん並ぶ給湯室には、小さなシンクと簡易コンロ。さらに食器類を置いておける棚が備え付けられている。

スポンジを使ってソーサーを洗っていると、ふと先ほどの一路の言葉が頭を過《よぎ》った。

褒められた部分は、警察官の能力とは全く関係ない部分だ。そもそも、紅太にとって中性的な外見を褒められても、コンプレックスを刺激されるだけだ。

防大時代、努力の結果手にした主席を、指導官に媚びを売ったのだと陰で囁《ささや》かれたことがあった。確かに、上級生や指導官の中に目をかけてくれる者は多かったが、紅太の方から何か働きかけたことなど一度もない。けれど、噂には尾ひれがつくもので、ついには、身体を売っているのではという下衆な噂話すら出てきてしまった。周りの人間を黙らせるためには、それだけの結果を残すしかなかった。だから、これまで誰よりも努力をしてきた。

容姿の良さなど、仕事をする上ではマイナスでしかない。特に、一路の様に男性的な外見ならともかく、自分のような線の細い外見では。それを褒められたところで、バカにされてるとしか思えなかった。

「しかも、自分がいるから部下は誰でもいいって……」

一路が大事にしているというウェッジウッドを、思い切り床に叩きつけて割りたい衝動に駆られる。

「やっぱり最低だ、あんな人」

そう呟くと、紅太は蛇口を思い切りひねって止めた。

4

その日は以前から頼まれていた三課の手伝いが長引き、管理係に戻れたのは昼を過ぎてからだった。基本的に、一路が紅太の行動を詮索《せんさく》することはないため、特に気にする必要もなかった。

「遅かったな」

けれど、管理係に戻った紅太の顔を見た一路は開口一番、そう言った。

「……すみません」

「不服そうな顔をしながらも、ちゃんと謝るんだな」

小さく笑われ、紅太はムッとしながら自分の席へ着いた。いちいち反応すれば、一路の思うつぼだということはわかっている。

「まあいい。お前に客人だ」

「え？」

一路が視線を向けた方向を、紅太も見た。

今の今まで気が付かなかったが、部屋の中央にあるソファに女性が座っている。紅太に女性は微笑み、ゆっくりと立ち上がった。

「坂崎紅太さん、ですね？」

年の頃は七十くらいだろうか、服装も雰囲気も、とても上品な女性だった。

「あ、はい」

記憶の糸を辿るが、おそらく初対面のはずだ。戸惑っている紅太に対し、女性はゆっくりと頭を下げた。

「この度は、ありがとうございました」

「え、ええ？」

一体、何が起こったのか。紅太はとにかく女性に頭を上げてもらい、ソファへと腰かけるよう頼んだ。

話を聞けば、女性は一週間ほど前、紅太がチェックした書類の中にあった、ひったくりの被害者だという。バイクに乗っていた男がすれ違いざまに女性から無理やりバッグを奪ったという事件で、資料にはピンク色の古めかしいバッグ、と書かれていた。、財布に入っていた額も多くはなく、バッグもこれといった有名ブランドのものでもないため資料係へと回されてしまったのだろう。ただ、何故かなんとなく気になる書類だった
さらにその数日後、拾得物《しゅうとくぶつ》の資料写真がふと目に入った。子どもが拾ってきたというピンク色のバッグは、古風で、どこか印象的な作りをしていた。もしかしたらと思い、三課の平田課長に関連性がないか問い合わせていたのだ。

「このバッグ、死んだ主人が若い頃に私に贈ってくれたものなの。戦後間もない頃で、物のない時代だったんだけど、一生懸命お金を貯めてくれて。ひったくりをした方にとっては、価値のないものでも、私にとっては、何よりの宝物」

女性は、とても大切そうに膝のバッグを撫でた。

「私のようなおばあちゃんがこんな色のバッグを持つのは、ちょっと恥ずかしいんだけどね」

「いえ、とてもお似合いだと思います」

お世辞ではなく、素直にそう思った。

「まあ、ありがとう」

女性は、とても幸せそうに、ころころと笑った。

最寄りの警察署へ届け出たものの、結局なんの音沙汰もないため、半ば女性は諦めていたという。だから、数日前に電話がかかってきた時には、涙が出るほどうれしかったそう

だ。だから、見つけてくれた警察官にぜひお礼が言いたいということで、わざわざ警視庁まで足を運んでくれたのだ。

「本当に、ありがとうございました」

女性は最後まで、紅太に深く感謝をし、帰って行った。女性をエレベーターまで見送ると、紅太はすぐに掌で自分の顔を覆《おお》った。

どうしよう、嬉しい。触れた頬が、少しだけ熱くなっている。女性の訪問は、紅太にとって思ってもみない出来事だった。毎日資料を整理しながら、この仕事も誰かのためになるはずだ、と自分に言い聞かせつつも、どこかで誰にも感謝されることはないんじゃないかと思っていた。だけど、そうじゃなかった。自分の仕事も、誰かの役にたつことだって、喜んでもらえることだってあるんだ。

嬉しさから緩みそうになる顔を引き締め、平静を装い部屋へと戻れば、ちょうどドアの方を見ていたらしい一路と目が合った。

「……なんですか?」

「良かったな、小さな仕事が報われて」

「は?」

「地味でなかなか日の目をみない仕事でも、感謝されることもある。小さな仕事だが、誰かがやらなければならない仕事だ、どうせそんな風に思ってるんだろ?」

一路の言う通りだ。ただ、それを一路に言われると素直に頷くことが出来ない。

「だけど、本心では違っていたはずだ。幼い頃から優秀で、防大時代は四年間首席を守り、将来の幕僚候補だと期待されていた。そんな風に、エリート街道を歩いてきたお前は、どこかで思ってるんだよ。なんで俺が、こんな仕事を……ってな」

「……そんなことは、」

否定の言葉はすぐに口から出たものの、その先は続かなかった。一路に言われたことは、紅太自身が目を背け続けてきた本心でもあったからだ。

「確かに俺は、一路さんが言うように、何の面白みもない、真面目なことくらいしか取りえのない人間かもしれません。それでも仕事に関しては常に全力で、出来るだけのことをやってきました。管理係の仕事だって、大事な仕事だってわかってます」

こんなことを一路に言っても仕方ないことだとはわかっている。けれど、気持ちの持って行き場がなかった。

「五歳の時、震災で被災しました。半壊した家の中に一人取り残されて。心細くて、子どもながらに、このまま自分は死ぬんだと思いました。俺を見つけてくれたのは、一人の自衛官でした。暗闇の中、見つけ出してくれたその姿が本当に頼もしくて、かっこよくて……俺もいつかその人のようになりたくて、自衛官を目指しました。だけど……」

自分も誰かを、目の前の困っている人を助けたい、根底にあったのはその思いだ。

「だけど？　人命救助に比べれば、つまらないか？」

「そんなことは！　そんなことは……ありません。嬉しかったです。この仕事が、誰かの役に立つこともあるんだってわかって」

「だったら、それでいいんじゃないか？　本心からそう思えたのならな」

「え？」

「俺がお前をつまらないと言ったのは、不平不満を全て自分の中に押し込めて、聞き分けの良いふりをしてるからだ。行き過ぎた自己犠牲や我慢なんて美徳でも何でもない。いつか、綻《ほころ》びが出る」

一路の、言う通りだった。本当は、勝手な人事異動を命じた自衛隊幹部には腹が立っていたし、警察での扱いにも理不尽さを感じていた。それでも、割り切って与えられた仕事をしなければならないと、そう思っていた。知らず知らずのうちに、自身の気持ちを偽り、心の根底にある本音に気付かないふりをして。

紅太さえ気づいていなかった気持ちを、なんで一路はわかったのだろう。

「だから、最初に言っただろ？　自由にしていいから気楽にやれって」

そう言った一路の表情は、穏やかで、心なし嬉しそうにも見えた。今、そんな顔をするなんて反則だ。

「自由になんて、出来るわけないじゃないですか」

一路が、怪訝《けげん》そうに首を傾ける。

「一路さんが仕事をしないんですから、俺までしなかったら書類で部屋が埋まります」

「確かに、それはそうだな」

もっともらしく一路が言えば、小さく紅太は吹き出す。自分で言っておきながら、気付かなかったのだろうか。

「ま、不毛な仕事がほとんどだからな。だから俺は手を抜きまくってるし、これからもその姿勢を変えるつもりはない」

「……国民の血税をなんだと思ってるんですか」

「固定資産税だけでも、一般国民の何倍も払ってるが？」

いけしゃあしゃあと答える一路に、何か言い返してやりたいが、すぐに言葉が出てこない。おそらく何を言っても、倍になって返ってくるだろう。こういうの、なんと言うんだっけ。ああ言えば、こう言うだ。

「まあいい、暇になったなら紅茶でも淹れてくれ」

「全く暇じゃありませんが、淹れてさしあげますよ。今日はカヌレがありますし」

「また平田課長か」

「はい」

給湯室へ向かえば、後ろの方から「孫扱いだな」という声が聞こえてきた。全く、一体どこまで人をおちょくるつもりなのか。それでも、最近は以前よりも表情や態度を表に出すことが出来るため、精神的に随分楽になった。一路も大概ではあるが、紅太も上司に対するものとしてはありえない言葉を返している。だけど、それに対して一路から何かを言われたことはない。

「やっぱ、変人だよなあ」

常識人の紅太には、とてもついていけない。それでも少しだけ、ほんの少しだけ一路のことを見直した。

5

「坂崎、お前ちょっと鑑識《かんしき》へ行ってこい」

昼食を終えた紅太が管理係へと戻れば、受話器を持った一路が口を開くやいなやそう言った。

「は？」

「ああ、今からそっちに向かわせる。大丈夫だ、その辺は心配ない。じゃあ、少し待っててくれ」

紅太に説明することなく、そのまま一路は受話器の向こうの相手へと話し続ける。しかも紅太と目が合うと、ドアの方を指差し出ていくように促す。

一体、何なんだ……。

困惑しつつも、紅太はすぐに入ってきたばかりのドアを開けた。

不本意ながらも自分の本音をさらけ出し、吹っ切れたからだろうか。以前に比べて一路への苦手意識は減っていた。取り繕う必要がなくなったため、遠慮なく言いたいことを口に出来るようになったのもあるだろう。

こういった人使いの荒さも、不思議とそこまで腹が立たない……とはいえ、後でしっかり文句を言うつもりだが。

「……あれ？」

呼ばれて鑑識課へ来たものの、中には珍しく誰もいなかった。現場に残された遺留品や、指紋など事件に関する様々なものを押収する鑑識課は、常にたくさんの仕事を抱えている。それでも普段は誰かしら人がいるのだが、今日は誰の姿も見えなかった。ガランとした室内に、いくつもの機動していないパソコンが並べられている。

何か、別件でも入ったのだろうか。どうしたものかと逡巡《しゅんじゅん》していると、室内にある個室のドアが開かれた。

「ごめんね、待たせちゃった？　あなたが、坂崎君？」

出てきた女性を見た紅太は、目を丸くした。制服こそ鑑識官の、ジャンパーにパンツ姿というものだが、その姿はあまりに華やかだったからだ。すらりと背が高く、高い位置で結われた長い髪の色は明るい、ブルネットと言われる茶色だ。さらに瞳の色は、碧色で、顔立ちも随分はっきりしている。

「あ、いえ……」

ハッとした紅太が慌てて首を振れば、女性はクスリと笑った。

「母がアメリカ人なの。高校まであっちにいたから、英語の方が得意なくらい」

言いながら、自分のデスクへ戻り、さらに隣からデスクチェアを引っ張ってくる。

「どうぞ?」

「あ、はいありがとうございます」

促されるままに紅太も椅子へ座れば、隣にいる女性はジッと紅太の方を見つめてくる。まじまじと見つめられ、思わず怯んでしまう。なまじ顔立ちが整っているため、妙な迫力がある。けれど、そんな紅太の反応に、女性は小さく笑った。

「澪から話には聞いてたけど、本当にきれいな顔してるね」

「はあ……」

澪が一路のファーストネームだということは知っていたが、女性の口から出たことに少しばかり紅太は驚く。しかも、随分親し気だ。一体、何なんだ。そんな困惑が、伝わったのだろう。

「鑑識の、篠宮《しのみや》カンナです。坂崎君は、澪の代わりに来てくれたんだよね？　話は聞いた？」

「いえ、ただ鑑識に行けとだけ……」

「ええ？　じゃあ私が説明するのかあ。全く、澪らしいといえばそうだけど……」

「……すみません」

「大丈夫、まあなんとなく予想はしてたし。二ヶ月くらい前、横須賀の米軍基地内で自衛官が自殺した事件があったんだけど、知ってる？」

自衛官の自殺、というのは昨今それほど珍しいことではない。基地や駐屯地という閉鎖的な空間で、さらに任務の内容も極秘なものが多い。誰にも話せず、精神的に追い詰められ、自ら命を絶ってしまうケースは、これまで何度もあった。

勿論、原因がいじめや上司からのパワハラである場合は別の意味で問題になるのだが、そうでない場合は遺族の意向で公にされることはあまりない。ただ、自殺した場所が米軍基地というのは気になった。

「いえ……」

一応、ニュースサイトには目を通しているが、そういった記事を読んだ覚えはない。

「そっか。記事をプリントアウトするから、ちょっと待っててね」

そう言って篠宮がパソコンを操作すれば、すぐにプリンターの排出音が聞こえてくる。

横須賀の米軍基地、通称ベースは海上自衛隊横須賀基地とは目と鼻の先にあり、基地内で働く海上自衛官も少なからず存在する。職務内容は主に司令官の通訳や米軍との調整役といったもので、高い英語力と専門性が必要とされる。

「横須賀だし、本来は神奈川県警の管轄なんだけど、県警が入ったのは基地内のミリタリーポリスや軍医の監察が終わった後でね。その後、防衛省から警察庁の方に依頼がきて、澪が遺留品を取りに行くことになったの。それで、その時の遺留品のことで問い合わせがあったんだけど」

立ち上がった篠宮はプリンターから紙を取ってくると、ひらりと紅太の前へと差し出す。

「ありがとうございます」

どうやら、当時の新聞記事のコピーのようだ。自殺ということもあり、扱いは小さく、社会面の片隅に書かれている程度だ。これでは、流し読みなら気付かないだろう。写真も載っていない、数行程度の記事を、紅太ははじめから読んでいく。

二十三日未明、神奈川県、横須賀市にある米軍横須賀基地において……。

「え？」

記事にあった名前を確認し、すぐには信じることが出来ず、もう一度読み直す。杉原《すぎはら》渚《なぎさ》、それは防衛大学校時代の同期で、紅太の親友の名前だった。

「もしかして、知り合いだった？」

青ざめた紅太の表情を見た篠宮が、心配気に声をかける。

「同期で、親友です……」

呟けば、篠宮が痛まし気に紅太を見つめる。かける言葉が、見つからないのだろう。

目の前が暗くなるような感覚に、紅太はしばらくの間、何の言葉も発することが出来なかった。


管理係の扉を静かに開けた紅太は、自分の席へと真っ直ぐ向かう。

「話は聞いたか？」

気付いた一路が声をかけたが、言葉を返すことが出来ない。当該記事《とうがいきじ》を手に持ったまま、呆然と席に座る。

「坂崎？」

紅太の様子が、いつもと違うことに気付いたのだろう。席を立った一路が、机のすぐ傍まで来る。

「あ……」

思わず、一路を縋るように見つめてしまった。説明しようにも、言葉が出てこない。一路も、明らかに顔色を失っている紅太の表情を見て、ただごとではないと思ったのだろう。

「大丈夫か……？」

「すみません、ちょっと待ってください」

気持ちを落ち着かせなければと、理性の上ではわかっているものの、感情が全く追いつかない。頭の中はぐちゃぐちゃで、震えそうになる両の手を、強く握る。

「紅茶を淹れてくる。とりあえず、少し落ち着け……といっても、そうはいかないだろうな」

かけられた声は、心なしかいつもより優しいものだった。

「……ありがとうございます」

一路が淹れてきた紅茶に、ゆっくり口を付ける。ふわりと良い香りが鼻腔をくすぐり、心地良い熱さが喉へと通っていく。そんな紅太の様子を、一路が静かな眼差しで見つめる。

「知り合いだったのか？」

紅太が机の上に置いた記事のコピーを見た一路が、問いかける。無言で頷けば、一路の眉根に皺が寄る。

「年齢が同じだから、まさかとは思ったが……」

「同期といっても、学生の数も多いので、みながみな顔見知りというわけではありません。俺は、交友関係が広い方ではありませんし」

同年代の青年たちが、四年間同じ場所で学び、寝食を共にするのだ。閉鎖的な厳しい環境で過ごすこともあり、その絆は強く、卒業後も交流を続ける者は多い。

人付き合いがうまくなく、浮いていた紅太が、あからさまないじめを受けたことがなかったのは、親しくしていた杉原の影響が大きいだろう。

「人当たりが良い杉原は人望があって、いつも笑っているような奴でした。最後に会ったのは一年ほど前ですが、悩みを抱えているようには見えませんでした。自殺するようには……とても」

「まあ、親しい人間が自死を行った時、いかにも自殺をしそうな人間とは、なかなか言わないだろうけどな」

腕組みし、紅太の机にもたれかかり、神妙な顔で話を聞いてた一路がようやくその口を開いた。

「事件があったのは二ヶ月前、場所は米軍の横須賀基地内。発見されたのは朝方で、当直で基地の巡回を行っていた米兵が、海に浮かんだ杉原の溺死体を見つけた。夜にもその辺りは他の米兵が巡回していたそうだが、その時には見当たらなかったらしい。春先ということもあり、水温はそれほど低くなかったが、元々心臓に疾患を持っていたこともあるんだろう。事故の線も考えられたが、周囲には踏み外すような足場もなかったことから、自殺として処理された。過度のアルコールを摂取していたし、冷静な判断が出来ていなかったんだろうと。結果、事件性はないと判断された」

「そんなに、すぐに判断されてしまうものなんですか？」

「その辺はお前の方が詳しいだろう。米軍基地内で起きた出来事だ、あそこは日本警察が捜査出来る場所じゃない」

「ですが……」

紅太はぐっと、自身の拳を握りしめる。篠宮も言っていたが、神奈川県警への連絡が来たのも基地内の軍医による検死も、現場検証も何もかもが終わってからだった。しかも、二ヶ月前の出来事だ。時間が経過しすぎている。

「俺……何も知りませんでした。親友だったのに」

連絡をくれるのはいつも杉原の方からだった。今回の異動の話があった時は、さすがに連絡しようとは思ったが、それも次に会った時でいいと思ってしまった。

紅太にもう少し社交性があれば、他の人間から訃報が知らされたかもしれないが、残念ながら杉原と近しい人間で、今も付き合いのある人間はいなかった。友人の死を、こんな形で知ることになるなんて、考えもしなかった。

「新聞記事の扱いは小さい物だったし、当時お前は警察学校で研修中だ。杉原に人望があったからこそ、死因が自殺なら周りもあまり報せなかったんだろう」

さり気なくフォローをしてくれた一路の優しさをありがたく思いつつも、当然であるが心は全く晴れない。

「自殺……一路さん、やっぱり俺、杉原が自殺するなんて信じられません」

「だから、自死を選んだ人間の親しい人間は皆そう言うと」

「杉原の遺留品に関しては、一路さんがベースに受け取りに行ったんですよね？　遺族の妹さんが未成年者で、引き取ることが出来なかったから。それが、杉原が自殺出来ない理由です」

しない、ではなく出来ない、と敢えて紅太は言葉を選んだ。

「俺が杉原と親しくなったきっかけは、他の学生が土日に外へ遊びに行く中、俺たちは寮にいる時間が長かったからです。親からの援助を受けていなかった俺と、両親を早くに亡くし、給料のほとんどを祖母と暮らす年の離れた妹に仕送りしていた杉原はお金にあまり余裕がなかったから。杉原が防大に入った理由も、全て妹のためで、昨年会った時にも、ようやく妹が高校へ入学するんだと喜んでました。妹には大学で好きなことを勉強して欲しいから、まだまだ自分は頑張らなければいけないと、そう言ってたんです」

一年前に祖母が亡くなり、施設で暮らす妹の所へ、定期的に会いに行っていたことも知っている。大学に入学したら、一緒に暮らしたいと、そう言っていた。

紅太はポケットからスマートフォンを取り出すと、操作し、杉原のＳＮＳへとアクセスする。

「そんな杉原が、妹を残し、自殺するなんて考えられません」

ディスプレイには、真新しいランドセルを背負った少女と、防大の藍色の制服を着た杉原の姿が映っていた。あどけない笑顔の少女を、どれだけ杉原が大切にしていたか、それを見ればわかる。一路へ差し出せば、無言で画面を見つめていた。

「単純に自殺では、終わらせられません……捜査をやり直す必要性があると思います。それに、さっき篠宮さんから聞かれたんです。杉原の遺留品の中に、ＵＳＢメモリがなかったかって」

「ＵＳＢ？　……そんなものはなかったと思うが、どうしてカンナはそんなことを聞いてきたんだ？」

「それが、問い合わせがあったみたいなんです。ベースと、防衛省の二つから」

「……普段なら電話で終わらせるカンナが、わざわざ呼び出してきたのはそれが理由か」

話を聞いた一路の顔つきが、その言葉で一気に変わった。

「根拠としてはまだ薄い。だが、調べてみる価値はあるな」

ワイシャツにベストという出で立ちだった一路が、自身のデスクへ戻り、ジャケットを肩にかける。

「え？　一路さんも、調べてくれるんですか？」

捜査の許可を取るつもりだったが、まさか一路まで協力してくれるとは思いもしなかった。

「刑事の捜査は二人一組が原則だ」

そんなことも知らないのかと、呆れたような物言いではあったが、不思議と腹が立たない。

「ありがとうございます！」

安堵の笑みを浮かべて礼を言えば、一路はそんな紅太の顔をジッと見つめ、不敵に笑った。

公道に、黒い車体の品川ナンバーが滑り込んでくる。都内ではそう珍しくないが、それでも周囲の目を引くスリーポインテッド・スターと呼ばれるマークが輝くドイツ車だ。

ウインドウが下げられ、そこから一路が顔を出す。

「悪い、遅くなった」

「いえ……よろしくお願いします」

左ハンドルがここまで似合う男はいないと思いながらも、紅太は助手席へとまわる。満員電車が耐えられない、という理由で一路は普段から車で通勤している。満員電車での通勤の辛さは共感出来たが、もう少し地味な車は選べなかったのか。ただ、今日ばかりは助かった。管理係が公用車を使う場合、事前に申請する必要がある上に、既に各部署で使える共通の公用車は出払ってしまっていたからだ。

すいすいと渋滞《じゅうたい》を避けながら都内を走っていく一路のドライビングテクニックはかなりのもので、予定した時間よりも早く、首都高へ入ることが出来た。カーナビは取り付けられているが、見ている様子はない。もしかしたら都内の道路地図のほとんどは頭に入っているのかもしれない。

平日の午後ということもあり、首都高はそれほど混んではいなく、看板に表示された渋滞情報も所々赤くなっているだけだ。

都心環状線《としんかんじょうせん》を快調に抜け、神奈川一号線に入ると外の景色もだいぶ変わってくる。一路の運転する車ということは、てっきり、横須賀に着くまでオペラを聴き続けることになると予想していたが、意外にも車内は無音だった。

「仲が良かったのか?」

一瞬、何のことを言われているのかわからなかったが、すぐに杉原を指しているのだと気付いた。

「そうですね……親友、と呼べる人間は彼くらいでした」

「確かに、お前は友達が少なそうだからな」

ムッとするが、その通りであるため反論出来ない。人望がないという自覚はあった。成績が良く、教官からの評価は高かったが、周囲の学生たちはどこか紅太のことを遠巻きにしていた。その中で杉原だけが、本当に純粋な気持ちで仲良くしてくれたのだ。親しくなったきっかけは、確か二学年時の身体測定だった。増えない体重に頭を抱えている紅太の隣で、体重が増えたと喜んでいたのが杉原だった。

「いや～ここって天国だよね。飯も腹一杯に食べられるし勉強だって給料もらいながら出来るし」

防大の食事が合わず、プライバシーもほとんどない、徹底《てってい》した管理生活に気持ちが沈んでいた紅太にとって、杉原の言葉は衝撃的だった。さらにその生い立ちを聞き、自分がいかに恵まれた環境で甘やかされてきたかを実感した。明るく、誰にでも分《わ》け隔《へだ》てなく優しい杉原は人気者で、同期だけではなく、先輩からも後輩からも慕われていた。他の同期が紅太の陰口を言っても、絶対に杉原はそれに加わらず、むしろ率先《そっせん》して紅太の良さを話してくれていた。

杉原がいたから、四年間の学生生活に耐えられたといっても過言ではない。最終学年の時には部屋も一緒だったため、多くの時間を共にした。

だから、紅太は信じられなかった。あの前向きで、責任感の強い友が自殺をしたことが。

「次が横須賀インターチェンジだ」

黙り込んでしまった紅太に、気持ちを切り替えろと一路は言いたいのだろう。

「……はい」

紅太は前を向き、自身の拳を強く握りしめた。

杉原の住んでいたマンションの管理会社へと連絡したところ、管理人の女性の許可さえ得られれば中への出入りも可能だということだった。

既に二ヶ月が経っており、部屋の整理は全て終わってしまっているかと思ったが、杉原は半年分の家賃を先払いしており、残された遺族も気持ちの整理がついていないということで、そのままの状態のようだった。

管理人でマンションの所有者だという、見るからに裕福そうな初老の女性は、マンションから少し離れた一軒家に住んでいた。事前に電話をしていたため、話は玄関先でも十分だったのだが、笑顔で女性は中へと通してくれた。

紅太と一路の訪問を嫌がることはなく、むしろ喜んでいたくらいだ。

「刑事さんが来たってことは、やっぱり杉原君は自殺じゃなかったのよね？」

茶菓子を出してくれた女性が、こっそりとそう言った。紅太と一路が、思わず顔を見合わせる。

「いえ、それはまだ何とも……」

一路が、いかにも女性受けする笑顔でかわそうとしても、さらに女性は話し続けた。

「おかしいと思ったのよ、あの杉原君が自殺するなんて。岬《みさき》ちゃんだって、まだ高校に上がったばかりなのに。岬ちゃんもかわいそうでねえ。一年前にお祖母さんを亡くしたばかりなのに、今度はお兄さんでしょ？　告別式なんて、見ていられなかったわよ」

岬、というのは杉原の妹の名だった。

「……ここ最近の杉原さんの様子で、何か気になる点はありませんでしたか？」

事情を知っていそうな女性に、思わず紅太は問いかける。

「うーん、確かにここのところ前より表情は暗かったんだけど。でも、だからって自殺はしないわよ。だって、杉原君、約束してたんだもの」

「約束、ですか？」

「そう。四月の中旬にね、岬ちゃんの高校の合格祝いに、旅行に行くんだって。私、年頃の女の子の喜びそうな場所はないかって、杉原君に色々聞かれたのよ。だから……ね、彼が自殺なんて、するわけないのよ」

涙ぐむ女性に対し、紅太も一路も、何の言葉もかけることが出来なかった。

女性の家を出て、駐車場へと戻る途中、すぐに紅太は先ほどの件を謝罪した。

「出過ぎた真似をしてしまい、すみません」

今回、横須賀を訪れたのはあくまで捜査ではなく、遺留品に関する調査を鑑識から依頼された、という名目だ。杉原を知る人物に出会い、思わず当時の様子を聞いてしまったが、やりすぎだったかもしれない。

「いや、むしろ有益な情報が手に入ってよかった」

「え?」

「杉原は妹想いの、責任感の強い男だという話だからな。簡単に口約束だけをして、それを反故《ほご》にするとは考え辛い。あと、杉原の資産に関してカンナに調べてもらったが、貯蓄はそれなりにあるにも拘わらず、妹への譲渡手続きも一切行われていなかったそうだ。つまり、死ぬための準備、が一切出来ていないということだ」

「じゃあ、やっぱり」

「状況からして、自殺だとは考えにくいな」

一路に言われたことにより、紅太の表情が僅かに明るくなる。

「だけど、証拠が……」

日本の司法においては、事故か殺人であることを証明するためには、そのための証拠が必要になる。

「だから、これからそれを見つけに行くんだろう」

一路が、スーツのポケットからスマートキーを取り出すと、車体へ近づき解錠した。

6

杉原が住んでいたのは、横須賀米軍基地からほど近い、海沿いの高層マンションだった。建物自体はそれほど新しくはないようだったが、景観や立地も良いため、１ＬＤＫとはいえそれなりに値が張るだろう。

贅沢《ぜいたく》を好まず、慎ましやかな杉原の性格には少し合わないような気もした。けれど、それを一路に言えば、

「港区の一等地というわけでもないし、大した値段ではないだろう」

と、きっぱり言われてしまった。

わかってはいたことだが、一路の経済観念は一般的な公務員のそれとはかけ離れている。そもそも、髪型も警察官にしては長すぎるし、普段使いのバッグも靴も全てハイブランドのものだ。

唯一スーツだけはブランド品ではないようだが、理由を聞けばなんのことはない、仲の良いテーラーが全てオーダーメイドで作っているという話だった。

どうりで、日本人離れした一路の長い手足にもちょうどいいはずだ。

白い手袋を一路に手渡し、紅太も自身の手にはめた。テレビドラマでよく見る光景だが、

警察官になったという感慨はあまり感じられなかった。そんな心境には、とてもなれない。

先ほど女性から借りたカードキーを一路へ渡し、中へと入る。人が出入りをしていないこともあり、独特な埃《ほこり》のようなにおいはしたが、室内はきれいに整頓されていた。

ただ、生活感がないというわけでもなく、リビングのソファーテーブルの上には雑誌や、テレビリモコンが置かれていた。まるで、今にでも部屋の主が帰ってきそうな、そんな状態だった。

一路と言えば、そんな紅太の心境にかまうことはなく、スタスタと部屋の中を見て回っている。そして、閉められていたカーテンを思い切り開いた。

「なるほど、この景色ならわざわざ値段が高いマンションに住む価値もあるんじゃないか」

「え?」

紅太も、カーテンを開いた一路の側へと近づく。ベランダの向こうには、横須賀の海が広がっており、遠くには猿島《さるしま》も見えた。きらきらと輝く海面に、渡り鳥の姿も見える。端の方には米軍基地も見え、出航や帰港の様子も一望出来た。

「これを見るために、この部屋を選んだんですね」

海が好きで、将来は船に乗りたいと言っていた学生時代の杉原を思い出す。途中で心臓の疾患《しっかん》が見つかり、地上勤務になった時には落ち込んでいたが、横須賀米軍基地に配属が決まった時はとても喜んでいた。

少しでも海に近い仕事を、とそう願った杉原の命を奪ったのも海だという所は、なんとも皮肉だった。

「悪いが、物思いに耽《ふけ》っている暇はないぞ。物憂《ものう》げなお前の顔も悪くはないが、今は証拠を見つける方が先だ」

「あ、はい」

一路は寝室へと続くドアを開け、紅太もそれに続いた。仕事用のデスクにはノートＰＣが置かれており、寝台の隣のサイドテーブルには写真が飾られていた。

「蝶々《ちょうちょう》夫人《ふじん》か、なかなか良い趣味をしているな」

「……一路さん？」

棚に置かれていたオーディオの上にあった、ＣＤケースを一路が手に取る。着物姿の女性が描かれたジャケットは、一路も気に入っている蝶々夫人だった。

「杉原の趣味がオペラ鑑賞だったという話は？」

「聞いたことがありません」

「だろうな、他のＣＤは普通の邦楽や洋楽ばかりだ」

言いながら、一路がＣＤケースを元の位置へと戻す。

「その写真……イージス艦か？」

「米軍のミリウスだと思います。昨年、配備されたことで話題になりましたし」

海上自衛官である杉原がどうして米軍の船の写真を、という疑問はあったが、基地で勤務していたこともあり、思い入れもあったのかもしれない。

けれど、一路は訝しげに写真を見つめ続けている。

「なんかこの写真、少しズレてないか？」

「はい？」

確かに、よく見れば中の写真は枠からほんの僅かであるが浮いていた。写真のサイズが合っているため大して気にならないし、本当によく見れば、という程度だが。

「え？　ちょっと一路さん？」

そう言うやいなや、一路は写真立てを手にとり、後ろの板を取り始める。

「まずいですよ」

いくら手袋をしているとはいえ、さすがにやりすぎではないか。

「俺はこういう細かいところのズレがどうも気になるんだ」

「だからって……！」

紅太の言葉を気にすることなく、そのまま一路は写真を取り出した。

「え？」

すると、イージス艦の写真の後ろから、もう一枚の写真が出てきた。

「……ズレていたのは、これが理由か」

一路が、隠れていた写真を取り出す。写真に写っていたのは、杉原と、そして初老の白人男性だった。

背の高い白人男性が杉原の肩を抱き、杉原もはにかむような笑顔を浮かべていた。二人がいる場所には、見覚えがあった。

「この男性……確か前任の司令官の……」

彫りの深い、シルバーグレイといった風体で、ハリウッド俳優のような顔立ちをしている。

「米海軍、前任の在日米海軍司令官のカール・フィリップ少将だな」

紅太の疑問には、一路が答えてくれた。そういえば、そんな名前だったと思い出す。

「随分、杉原と親しかったようだな」

「あいつは語学が堪能《たんのう》で、元々通訳としてベースに勤務していましたが、フィリップ少将はかなりの信頼を置いてくれて、秘書のような業務も任されていたそうです」

あれほど尊敬できる軍人はいないと、最後に会った時、笑顔で杉原はそう言っていた。

それだけ、親しければ何らかの機密を共有する可能性は十分にあった。

「一路さん、やっぱり杉原の死には米軍が何か関係して……って」

紅太が声をかければ、既に一路は椅子へと座り、杉原のノートＰＣを立ち上げていた。

「何やってるんですか？　パスワード、かかってなかったんですか？」

「そんなもの、クラッキングツールで簡単に解除できる」

そういえば、一路がプーケットで一緒にいたのはＩＴ企業の関係者だった。彼らに頼りにされているということは、一路もエンジニアとして高い技術を持っているということなのだろう。

とはいえ令状も出ていない中、さすがにこれは違法捜査になるのではないだろうか。そもそも大家の女性に頼み、一時的に電気は通してもらえたが、インターネットには勿論繋がっていない。けれどそれも、一路は自身のスマートフォンを介し、いとも簡単にネットワークへと繋げてしまった。あまりの手際の良さに、唖然《あぜん》とする紅太をよそに、一路は次々とパソコン内部へと侵入していく。

メールサーバーを立ち上げた時には、さすがに杉原に申し訳なく思ったが、証拠を見つけるためなら致し方ない、と気持ちを切り替える。職務上、仕事を持ち帰ることは許されないこともあり、メールの内容はプライベートなものがほとんどだ。

それも、今はスマートフォンのメッセージアプリが主流であるため、数は多くない。けれど、その中でも一際たくさん、メールのやりとりをしている人間がいた。

「ほとんどがカール・フィリップとのやりとりだな」

「家族ぐるみの付き合いだったようですね」

メールの中には、フィリップの息子の誕生日を祝うバースデーメッセージも含まれていた。

けれど、ある日を境に杉原からフィリップに送ったメールが一通もなくなっている。フィリップからのメールは変わらず届いており、開封してはいるものの、送り返していないようだった。

さらにその少し前あたりから、杉原の内容もこれまでの内容とは少々違ったものになっていた。

近況報告の中に、フィリップの代わりに上司となったハリー・マーティンの相談が多く含まれている。控えめな書き方をしているが、内容としては気むずかしいマーティンのパワハラを相談しているようだった。

「どうも、おかしい」

言いながら、一路はどこかのオンラインストレージサービスから、素早くソフトのダウンロードを始めた。どうやら、データ復旧ツールのようだ。インストールが完了すると、一路はメールをもう一度立ち上げ、今度は削除済メールの一覧を開く。開かれたメールの内容に、紅太は目を瞠った。

『もう限界です』

『自分を売ることは出来ても、国を売ることは出来ない』

短いながらも、悲痛なまでの杉原の思いが、その文面から伝わった。

「国を売るって……、杉原は何か弱みを握られて、脅されてたってことですか？」

「どうやら、思った以上に事態は深刻なようだな」

杉原の文面に、何か引っかかるものがあったのだろう。一路は少し考えた後、画像処理のソフトを開くと、それに対してもデータの復旧をかけ始めた。

「どうして、画像ソフトなんですか？」

「見ればわかる」

数分後、ソフトの状態が数ヶ月前の状態に戻る。エンターキーを押すと、そこには杉原が隠そうとしていた情報が、画面全体に広がった。

「日露……共同演習計画立案？」

ＰＣのディスプレイか何かを撮影したものなのだろう。画像は粗かったが、文章は十分読み取ることが出来るものだった。

「噂に聞いてはいたが、まだ国会にも通っていない案件だな」

これまでも日露間では共同救難訓練が何度か行われてきたが、軍事演習となると話は別だった。両国の間には長く続く領土問題が横たわっており、さらに日露の必要以上の接触は同盟国であるアメリカの目もあり難しかった。

もっとも、昨今は世界情勢も変わりつつあり、日露間の軍事演習に関しても噂レベルであれば囁かれている話だ。

「貸してください」

紅太はマウスを使い、画面に広がるデータの詳細を確認する。起案のようだが、演習の日程やロシア海軍への打診時期、さらに国会の承認まで全て具体的に書かれている。信じたくはなかったが、どうやら防衛省、海上自衛隊が作成した資料で間違いはないようだ。

「以前のイージス艦資料の漏洩《ろうえい》問題で、機密に関しては随分厳しくなったと聞いていたが？」

イージスシステムは元々米国から提供されている技術だが、十年以上前、当時の海上自衛官の一人が無断で持ち出し、中国人女性へと横流しをしようとしたことがあった。もちろん大問題となり、海上幕僚長の辞任の一因にもなった。

「はい。個人のＰＣや電子媒体《でんしばいたい》の持ち込みは禁じられていますし、自衛隊員のアクセス履歴は全て端末に残っているはずです。ただ、他メディアへの持ち出しは不可能ですが……方法がないというわけではありません」

「例えば、個人のスマホのカメラで撮影するとか、か」

「その通りです」

海上自衛隊員、さらに幹部自衛官でもあった杉原なら、ほとんどの機密文書へのアクセスは可能だ。データの画像が粗かったのも、おそらくスマートフォンに内蔵されたカメラで撮影したものだからだろう。

「これが漏洩した日には、防衛省内だけの問題じゃなくなりますよ……」

「まあ、現内閣の閣僚の首は何人か飛ぶだろうな」

外務省、防衛省がこれに無関係だと言い張るのにはさすがに無理がある。自衛隊が他国と軍事演習を行うことに関しては、相手が米軍であっても疑問視する人間は多い。それが、ロシア相手ともなればさらに問題は大きくなる。

「一体誰が……米軍が、これを欲しがっていた理由はわかります。まだ計画段階とはいえ、日米が交渉する上でこんなに有利な情報はありません。脅されていたとはいえ、杉原がこれを渡したなんて……」

「いや、渡したわけじゃないだろう」

「え？」

「まだデータが米軍の手に渡っていないから、あちらから問い合わせが来たんじゃないのか？　ついでに、防衛省側からも」

「じゃあ、ＵＳＢは今どこに」

「それを確かめるためにも、さっさと移動するぞ」

「え？」

一路が、復旧させたデータを再び削除していく。滑らかに指を動かし、何らかのプログラムを打ち込み、瞬く間に全てのデータを元に戻していった。

「それにしてもこのデータ、人に見られたらまずいですよね？」

「ああ、だから無理矢理開いたら破損するようプログラムしておいた」

なんでもないことのように言った一路の言葉に、息をのむ。

「おそらくそれが、杉原の願いでもあるはずだ」

機密を外へ持ち出したのは杉原だ。だけど、杉原はそれをＵＳＢへと移しながらも、脅された相手に渡さなかった。

『国を売ることは出来ない』

フィリップへ送った最後のメールで杉原は確かにそう言っていた。

「幻滅したか？」

椅子から立ち上がった一路が言う。

「何がですか？」

「理由があるとはいえ、防衛機密を外部に持ち出した杉原を」

「……いえ」

ショックでなかったと言えば、嘘になる。けれど。

「むしろ、杉原がどうしてそんな行動に出たのか、杉原はどんな理由で脅されていたのか、気になります」

「なるほど。珍しく、気が合ったな」

一路は満足気に笑うと、今度こそＰＣをシャットダウンさせ、部屋の外へと歩き出した。


杉原のマンションを出て、管理人の女性へと鍵を返した紅太と一路が向かった先は、横須賀米軍基地だった。

就業時間ギリギリという時間に訪れた紅太と一路の存在はまさに「招かれざる客」であり、警察関係者ということで基地内部へは入れたものの、受付の男性は苦笑いを浮かべていた。

飲食店や売店、さらに病院など、基地内には米軍人の居住食に関わる様々なものが用意されている。すれ違う人間も当然アメリカ人ばかりだが、一路はほとんど興味を持つことなく歩いて行く。

そのまま司令部庁舎へと向かえば、あらかじめ連絡がいっていたのだろう。スーツ姿のアメリカ人女性が二人を出迎えてくれた。

「申し訳ありません、マーティン少将は多忙な立場でして、もう少々こちらでお待ちください」

最初はどこかツンとしていた女性だが、一路の顔を見ると態度がころりと変わる。ネイティブと同じ発音で、きれいな笑顔を向ける一路は確かに紅太の目から見ても完璧な紳士を演じきっていた。

女性はたいそう一路を気に入ったようで、案内された応接室も絵画や陶器が並べられた、明らかに客人用のものだった。

「センスの良い、とても素敵な部屋ですね。勿論、生けられた花以上に美しい存在がここにはいますが」

すかさず、部屋の装飾を一路が褒める。

「ありがとうございます。マーティン少将は日本の瀬戸物に目がないのです」

顔を赤らめた女性はそのまま気分良く、応接室を出て行った。

紅太の存在など女性には見えていないようで、全く蚊帳《かや》の外だ。それにしても、一路も一路だ。確かに女性は美人ではあったが、顔が良ければ誰でもいいのか。

「……一路さん、女性を褒めるの上手ですね」

じとっとした目でそう言えば、一路が顔を顰《しか》めた。

「いつ俺があいつを褒めた？」

女性の姿が見えなくなると、見事に一路の顔からは笑みが消え、いつも通りのシニカルな表情に戻っていた。

「え？　いや、だって美しいって」

「お前のことに決まってるだろ。あの女が勝手に勘違いしただけだ」

苛立ったように一路がソファへと腰を下ろす。あまりの言いように、さすがに先ほどの女性への同情心が芽生える。だけど、同時に少しだけ嬉しく思ってしまった。

「そもそも、この部屋ってセンスがいいんですか？」

紅太も詳しいわけではないが、あまりにも色々なものを置きすぎていて、それぞれの良さを消してしまっているように感じた。

「とりあえず高い物だけを並べた、とんでもなくセンスのない部屋だな。成金趣味以外の何物でもない」

一路の表情には、先ほどの上品な紳士然とした雰囲気は全くなかった。

「在日米海軍のトップだかなんだか知らないが、この部屋を見ただけでも、マーティンの底の浅さがわかるな」

容赦のない一路の言い草に、紅太は苦笑いを浮かべることしか出来なかった。

そして、三十分後、ようやく訪れたマーティンと対面すれば、一路の予想は見事に当たっていることがわかった。

「スギハラに関して話せることは、残念ながら私にはあまりないんだ。何しろ、私はたくさんの部下を抱えているからね」

杉原を脅していた相手は誰か、そう考えた二人の頭に最初に浮かんだのは、やはりハリー・マーティンだった。他の人間である可能性もあるが、いざ対面したマーティンは、一筋縄ではいかない人間だった。

　顔立ちこそ悪いわけではないが、やたら時間をかけていそうな髪型や、もったいぶった話し方、何より明らかに他者を見下したようなわざとらしい笑顔。さらに時折、値踏みするかのようなジロジロとした視線を紅太へ向けてくる。

　一路も笑みこそ浮かべているが、そんなマーティンに明らかに苛立っているのがわかった。

「マーティン少将は、部下の状況把握が出来ていない、という風にも取れますが?」

　一路の言葉に、横にいた紅太はギョッとする。いや、一路にしては我慢した方だろう。丁寧な一路の問いかけに、マーティンははぐらかすばかりで、まともに取り合おうともしないからだ。

「申し訳ないが、私も多忙な身でね、これから君たちの国のプライムミニスターとの会食が入っているんだ」

　マーティンも、ムッとしたのだろう。それだけ言うと、先ほどの女性を伴い、すぐに応接室を出て行った。

「……やっぱり、有益な情報はつかめませんでしたね」

「いや、そうでもない」

「え？」

先に立ち上がった紅太は、ソファへ座ったままの一路の方を振り返る。

「杉原はマーティンの秘書業務をしていたんだ、何も話さない方がかえって不自然だ。真面目な青年だったとか、熱心だったとか、いくらでも取り繕うことは出来たのに、それすらマーティンは口にしなかった。まるで、杉原との関わりなど何もなかったようにな。よほど、後ろめたいことがあるんだろ」

「それは……やはり杉原の死には、マーティンが関わっているということですか？」

「断定は出来ないが、おそらくそうだろうな。とりあえず、今日の所は帰るぞ」

腕組みしていた一路が、ようやく立ち上がり、歩き出す。紅太も一路の後を追って、部屋を退出した。


一路には先に駐車場へ向かってもらい、退場手続きを行う。二人分の免許証を再提示し、ゲストカードを返した。

そういえば、自衛官時代はもう少し自由に出入りすることが出来たな、とそんなことを考えていると、受付にいた男性から「あの」と声をかけられる。

「あ、すみません」

ただでさえ、正規の勤務時間は過ぎているのだ。手続きが終了したから、さっさと帰るよう言われるのかと思ったが、男性はおもむろに一枚のカードのようなものを差し出してきた。

「マーティン少将からです」

こっそりと、紅太にだけ聞こえるような声で伝えられる。頷き、紅太はこっそりと渡されたカードを開いた。

見事な筆記体で書かれていたカードの内容に、紅太は大きく目を見開いた。

7

翌朝。

紅太が登庁すると、一路が来次第、刑事部長の下へ二人で向かうよう一課に所属する男性から伝えられた。

眼差しは冷たく、どこか責めるような物言いだった。それこそ「今度は一体何をやらかしたんだ」とその目は言っている。思い当たる節ならあった。昨日の、横須賀での捜査の件だ。

「一路、警視庁の管轄地域はどこの都道府県か、わかっているよな？」

初登庁以来の、刑事部長室。

机の前に立つ紅太と一路に対し、刑事部長が、引きつった笑みを向ける。笑み、とはいったものの、目元は全く笑っておらず、その表情にあるのは明らかな憤怒だ。

「東京都、ですね」

けれど、それに対し一路が怯む様子は全くない。

「だったら！　どうして横須賀米軍基地から警視庁の刑事がアポイントメントもなく強引に訪れて困る、なんていうクレームが入るんだ！」

刑事部長の言葉に、やはりそうかと紅太も事態を把握する。

昨日の一路と紅太の訪問に対し、おそらくマーティンが警視庁に対して苦情を入れたのだろう。

「お言葉ですが刑事部長、横須賀米軍基地は、そもそも神奈川県どころかこの国の管轄ではないのではないでしょうか？」

悪びれることなく、一路がしたり顔で問う。

「私の記憶違いかもしれませんが、これまで日本の警察権が在日米軍基地内に行使《こうし》したことはないのでは？」

その言葉に、刑事部長は苦虫をかみつぶしたような顔をする。

「へ、屁理屈《へりくつ》を言うな！　確かに神奈川県の管轄ではないかもしれないが、東京都の管轄でないことに変わりはないだろ！」

刑事部長の言い分を聞く限り、どうやら杉原のマンションの管理人は特に苦情は入れていないことがわかり、密かに紅太はホッとする。

基地内はともかく、さすがにそれ以外は都内ではないため、越権行為《えっけんこうい》だと責められると言い訳が出来ない。

「だいたい、基地内で亡くなった自衛官に関しては自殺という結論が出ているはずだ！」

「結論……警察の手による現場検証もなく、全てあちらのミリタリーポリスと軍医の言い分を鵜呑みにしたのみの結論、ですか？」

一路の言葉に、刑事部長が言葉に詰まる。

「そもそも、米軍基地といえど外務省のスタンスでは治外法権ではないはずです。亡くなったのが我々と同じ日本人であるなら、日本警察が捜査に踏み込むべきだったのでは？」

「うるさい！　とにかく、この件に関してはこれ以上米軍を刺激するな！　今回は穏便に済まされたが、場合によっては警視庁だけの問題じゃなくなるんだぞ！」

一路は声を荒げることなく冷静なままだが、震えるほどの怒りを感じている刑事部長は今にも机を叩きそうな勢いだ。

「だいたい、坂崎君も坂崎君だ。自衛隊にいた君なら、米軍施設を警察が訪れることがどれだけのリスクを背負うか、わかっているだろ？　どうして一路を止めない！」

　これ以上は一路に言っても無駄だと思ったのだろう、話の矛先が紅太へと向かう。

「それは……」

　そもそも杉原の自殺の真相に関して調べようとしたのは紅太だ。巻き込まれたのはむしろ一路の方だろう。

「坂崎に非はありません。この件に関して捜査を決めたのは私です」

　けれど、紅太がそれを説明する前に一路は自身の言葉で制した。同時に、お前は何も言うな、という視線で紅太の方を見つめる。ここで何か言っても、かえって一路の顔をつぶすだけだろう。仕方なく、紅太は押し黙る。

「とにかく、管理係からは一週間の捜査権を剥奪《はくだつ》する！　管理係は管理係らしく、部屋で書類の整理でもしていろ！」

　捨て台詞のように声を大きくする刑事部長に対し、最後まで一路は涼しい顔をしていた。紅太は、いたたまれない気持ちで二人のやりとりを聞き続けた。

「すみませんでした」

刑事部長の部屋を出るとすぐに、隣に立つ一路に対し、紅太は素直に謝罪した。

「何が」

「俺が、無理矢理捜査に踏み込んだばかりに、このようなことになってしまって……」

紅太の言葉に、一路はああそのことか、とばかりに小さく頷いた。

「刑事部長にも言ったが、捜査がしたいと言い出したのはお前だが、最終的に決めたのは俺だ。これくらいのことは全て予想済みだ。まあ、思ったよりは連絡が早かったけどな」

一路としては、この件に関して紅太を責めるつもりは本当にないようで、何食わぬ顔でそう言った。責任を取るのは、係長である自分だと思っているのだろう。だからといって、単純に紅太がそれを喜べるわけがない。

一路は予想していたと言うが、紅太はこういった結果になることをほとんど考えていなかった。杉原の死の真相を調べることに躍起になり、周りの状況を考える余裕がなかったからだ。これまで、自分が部下のフォローをすることは幾度もあったが、上司にフォローしてもらう、という経験はなかった。

一路はあくまで上司として対応してくれたのだろうが、紅太の心に温かいものが流れ込んでくる。

「それにしても……詰んだな」

「え？」

「さすがに捜査を禁じられている中、外に出かけることは出来ないからな。とりあえずマーティンの方は置いておいて、違う方向から調べてみるか」

エレベーターに乗り込む一路はいつもと変わった様子はなく、刑事部長から言われたこともほとんど気にしていなかった。

申し訳なく、居たたまれない気持ちになる。

促され、エレベーターに乗り込みながら、こっそり紅太はため息を零した。


「生ビール、注文頂きましたー！」

活気のある店内に、さらに元気な店員の声が響き渡る。若者向けのカジュアルな居酒屋は、紅太が席に座ってからすぐに満席となった。

「週末でもないのに、なんか、ものすごく賑やかだね」

目の前の席に座る水嶋が、周囲をぐるりと見渡して言う。

「人気があるお店なんですね」

「そりゃ、早い、安い、美味いから！」

水嶋の言葉に、紅太は思わず吹き出してしまう。口癖なのだろう。メールで水嶋がお勧めの飲食店を教えてくれる場合、だいたいこの文句がついている。霞ケ関周辺は官公庁は勿論企業も多いため、昼食を食べる場所には困らないが、店によってはランチとは思えない額が提示されていることもあるため、助かっていた。

ここ最近、忙しかったらしい水嶋から、一緒に飲みに行こうというメッセージが来たのは、夕方になってからだった。ちょうど杉原の件で朝から気落ちしていたため、ありがたく誘いに乗ることにした。

二人の前に注文した料理が届き、手を合わせて食べ始める。

「いや~それにしても、やっと紅太君と飲みに来られた」

水嶋の言葉に、一瞬手を止める。

「あ、ごめん……気安過ぎた？」

「いえ、大丈夫です」

性格もあるのか、名前ではなく姓の坂崎で呼ばれることがほとんどだ。年齢が近いのもあるが、親しくなれたようで、ちょっとだけ嬉しかった。

「なんか、言い出しっぺのくせになかなか声がかけられなくてごめんね。歓迎会のつもりだったのに、もう一ヶ月以上過ぎちゃったし」

「いえ、水嶋さんの部署は、忙しいですから」

一課、とはっきり言わなかったのは周囲を気遣ってのことだ。どこの席も自分たちの話に夢中のようだが、こういった人の多い場所では、警察官という立場はなるべく口にしない方がいいだろう。

「それもあるけど、ぜーったい尾辻さんのせいだよ。もう、とにかく細かくて無駄に仕事増やすんだもん。それが上からは評価されてるんだけどさ、ええ？　そんなとこまで？　みたいなところまで調べなきゃいけないからマジ大変」

「ああ、そんな感じはします」

「俺が失敗したら謝らなきゃいけないのは尾辻さんだから仕方ないんだけど、俺に頭を下げさせるなオーラが半端ないから、とてもミス出来ないよ」

ま、それでもミスしちゃうんだけど、と水嶋が笑う。メッセージでもよく水嶋は尾辻の愚痴をこぼすが、かといって嫌っているという雰囲気は全く感じられない。

仕事には厳しいようだが、面倒見も良いのだろう。尾辻自身の捜査能力も高いようで、一課の中ではエース扱いなのだという。

「あ、ごめんね、なんか俺ばっかり話しちゃって。紅太君は？　一路さんへの愚痴ってないの？」

水嶋に言われ、箸を止めた紅太はほんの一瞬考える。

「あることにはありますけど……でも、不満があったら、直接本人に言ってますからね」

「へ？　一路さんに？」

水嶋の顔が、僅かに引きつった。

「た、例えばどんな？」

「小さなことですが。基本的に飽きっぽい人なので、書類に判を押すよう頼んでも途中からズレてるなんてことがしょっちゅうあるんです。単純作業は苦手だとか言って」

「その場合、どうするの？」

「全部やり直してもらいます」

「やり直してくれるの？」

「言い合いにはなりますけど、最終的にはやり直してくれますね」

水嶋が、何かとんでもないものを見るような目で紅太のことを見る。

「あの一路さんが、人の言うこと聞くの？」

「ちゃんと順を追って説明すれば、一応は……まあ、聞いてくれないこともありますけどね。朝のオペラは結局二曲までは流すって約束しちゃいましたし」

「いやいや！　一路さんが誰かの言うことを聞くって時点でありえないんだけど。紅太君の前に管理係にいた奴で、比較的長く続いた後輩と話したことあるけど、そもそも頼みごとなんてとても出来る雰囲気じゃないって言ってたし」

確かに、一見近寄りがたい雰囲気はあるが、いざ話しかければ意外と一路は話をきちんと聞いてくれる。しかしそれを言えば「いや、それはない！　刑事部長の話だって聞かない人だもん！」と水嶋からは否定されてしまった。

「あ〜、だけど紅太君はやっぱ別なのかなあ」

「……へ？」

今度は、首を傾げるのは紅太の方だ。

「だって紅太君、めちゃくちゃ一路さんに尽くしてるじゃん！」

水嶋の言葉に、頬ばっていた鳥軟骨が喉に詰まりそうになり、慌てて隣にあったビールを飲み干す。

「あ、ごめん大丈夫？」

「つ、尽くすって……」

一体、何を言うんだ。

「だって一路さん基本的に仕事しないし、管理係の書類整理だって全部紅太君がやってるんでしょ？　尾辻さんも今までで一番仕事が早いって褒めてたよ。これまで一路さんの下にいた奴は、日々溜まっていく書類の山と、何もしない一路さんに心が折れて、辞めてっちゃったからね」

それこそ、最短で一ヶ月、と水嶋が人差し指を立てた。

「別に……仕事だからやってるだけですよ」

「えー？　それだけで出来るものかな？　なんだかんだで、仕事って上司との信頼関係があってのものじゃない？　俺だったらやっぱり尾辻さんにはヤマ取って欲しいし、だから仕事頑張ろうって思えるもん」

やはり、なんだかんだいって水嶋は尾辻を信頼しているのだろう。理想的な上司と部下だと、紅太は微笑ましく思った。

「まあ、一路さんも本当はめちゃくちゃ仕事が出来る人なんだけどね。ありえないくらい頭もいいし」

水嶋の言葉に、紅太はふと、かつては捜査一課にいたという一路の言葉を思い出した。一路の仕事の優秀さを知っているということは、一課にいた当時のことも知っているのだろうか。

あの時は、どうせ一路の職務態度の不真面目さに異動させられたのだと思ったが、それは違うのではないか……と今は思う。当人のいないところで、そういったことを聞くことを憚《はばか》りつつも、興味を抑えきれなかった。

「あの、水嶋さん」

「ん？　何～？」

酒がまわりはじめたのだろうか、水嶋の顔は少し赤くなっている。

「以前一路さんが言っていたんですが、昔一路さんが捜査一課にいたって、本当ですか？」

「え？　あ、うんそうだよ。俺はその時所轄の方にいたから直接は知らないんだけど、捜査一課にものすごい頭のキレる刑事がいるってのは聞いてた」

別に、禁句というわけでもないのだろうか。水嶋の口調は特に重くはなかった。

「尾辻さんともその頃からの腐れ縁らしいよ。まあ、当時から馬は合わなかったみたいだけど」

確かにあの後、何度か尾辻と話す機会はあったが、一路の名前は一度たりとも口にしたことはなかった。むしろ、堅実な紅太の仕事をある程度は評価してくれているのか、異動を希望するなら相談に乗る、とまで言われてしまった。

外見と口調のきつさで誤解を受けやすいが、水嶋の言うとおり、基本的に人は良いのだろう。だからこそ、ストイックで自分にも周りにも厳しい尾辻が、一路と相容れないのはわかるような気もした。

「でも、じゃあなんで管理係なんかに……」

それだけ仕事が出来ると言われていたのなら、何か大きなミスをした、という可能性は少ないだろう。

そもそも、あの一路がそんな失態を演じるとは紅太には想像がつかなかった。

「それは……」

水嶋は周囲を見渡すと、これまでよりも声のトーンを落とし、さらに紅太の方へと顔を少し寄せた。

「紅太君、三年くらい前、女子大生が自殺した事件があったの覚えてる？　その、イベントサークル内で集団から受けた暴行を苦にして」

不快感から、紅太の表情が歪む。

「はい。覚えています。新入生を次々に勧誘してコンパで酔わせて無理矢理……という事件でしたよね。女子大生が亡くなって、これまで常習だったのが明るみに出たとか」

事件が起こったのが有名大学だったせいか、学生たちの名前がなかなか出てこないこともあり、様々な憶測を呼んだことは覚えている。

また、女子大生が地方から出てきたばかりの、当時未成年の少女だったこともあり、世間の怒りは凄まじいものだった。

「確か、最終的には大学生たちの親が大企業のトップや社会的地位の高い人間ばかりだったってことが公になったんですよね？」

「そう。その中でも主犯となっていたメンバーの父親が、代議士だった」

「それも覚えています。記者会見があっという間に終わって、それもまた怒りと顰蹙《ひんしゅく》を買ってましたよね」

「実はあの国会議員、元警察官僚で国家公安委員長も歴任した所謂警察族でさ。上は、加害者側がまだ学生で、未成年だったこともあって、名前を伏せる方針だったんだ」

どこかきまりが悪そうな水嶋の顔は、水嶋自身に非があるわけではないものの、隠蔽《いんぺい》体質な上層部を恥じてのものだろう。

「でも、最終的には発表したんですよね」

マスコミ、そして野党議員の騒ぎようが凄まじかったことも記憶に残っている。

「いや、あれは上層部の意思じゃなかった。当時の捜査官の一人が『獣にも劣る行いをした奴の名は、世間に公表されるべきだ』って独断で発表しちゃったんだ」

「もしかして、それが」

「うん。当時現場で指揮を執《と》っていた、一路さん」

紅太の目が、大きく見開いた。結果的に、議員は辞職。他の警察官僚や退官して民間企業へ天下りするはずだった上層部の人間にも大きく影響したのだという。

「一路さんがやったことはすごいよ。だけど、組織はそれを許さなかった。当時一路さんを止められなかった一課長は依願退職、一路さん自身も、急遽作られた管理係に異動になった」

おそらく、一路なら自分の行動がどのように作用するかは予想がついていたはずだ。けれど、それでも発表に踏み切った。

溶けかけた冷水の氷が、カランと鳴った。騒然とした居酒屋だが、一時の間何の音も感じなかった。

「俺は……一路さんのやったこと、間違ってないと思います」

想像以上に経緯が重たかったこともあり、言葉を絞り出すのにしばらく時間がかかった。

「勿論、俺もそう思うよ。多分、みんなそうなんだけど……ただ、色々複雑なんだよね。その時の一課長が退官間近だったんだけど、人格者で、みんなから慕われていた人でさ。尾辻さんも、自分を捜査一課に引っ張ってくれた人だからって、慕ってたみたいで。公表するにしても、もっと他にやり方があったんじゃないかって、未だに一路さんの行動を批判する人だっているくらい。結果的に、この話は一課でもタブー状態なんだ。一路さんが警視庁内で腫れもの扱いなのもこれが理由」

水嶋が詳しいのは、以前尾辻と飲みに行った際、その概要を教えてもらえたからだった。

「それに、普通は免職になってもおかしくない行動だから、家庭のある人間はなかなか出来ないことなんだよね。一路さんが資産家の息子だってみんな知ってるのもあって、警察官に固執する必要がないから、だからあんな行動が取れたんだろうって。まあ、嫉妬もあるんだろうけどね……」

だいぶ酒がまわってきたのか、水嶋はどこかぐったりしていた。

「一路さんは、それがわかってるからこそ、公表したんじゃないでしょうか」

「え?」

「様々な事情を抱えている他の人間には出来ないから、だから……出来るのは自分だけだと思って」

確かにそれは、他の人間が言うように最初からあらゆる物を持ち得ている一路だから出来ることではある。ただ、逆に言えば一路にしか出来ないことでもあった。

「でも、一路さんが警察官に固執していない、というのは違うと思います」

紅太の言葉に、水嶋が首を傾げた。

「だって、本当に警察官という仕事に思い入れも何もなかったら、管理係に回された時点で、とっくに辞めてると思いますから」

勿論、それは全て紅太の憶測だ。当時の一路が何を考えていたのかなど、本人にしかわからない。けれど、それだけは自信を持って言えた。

「……やっぱ、尽くしてるじゃん」

ますます酒が回っているのか、楽しそうに笑って、水嶋が言った。不本意ではあったが、特に紅太も反論しなかった。


「あ〜なんか、久しぶりに飲んだ〜。どうしよ紅太君、帰り道がわからないよ」

「……俺がわかりますから、頑張って歩いてください」

どうして、早く酒を飲ませるのをやめなかったのかと、紅太は強く後悔していた。酔っているとは思った。しかし、会話が出来ているため紅太にはわからなかったのだが、居酒屋から出た水嶋は一人で歩くこともままならない、深酔いした状態だった。

今も気を抜くと駅とは違う方向へ歩こうとするため、仕方なく紅太が水嶋に肩を貸しながら歩いている。

紅太と体型は変わらないので、それほどの負担ではないが、歩く速度は自然と遅くなる。終電はまだあるだろうが、水嶋の住む独身寮には門限があったはずだ。間に合うだろうかと、一抹の不安が過る。

そんな風に考えながら水嶋を引っ張っていると、どこか既視感のある二人組が目の前を歩いている。ちょうど店から出てきたばかりなのだろう。長身の男女で、男性の長めの髪と、女性の結い上げた長い髪には見覚えがあった。

水嶋も気付いたようで、二人の姿を目に留めると、

「あ～‼　一路さんと篠宮さん！」

と、明らかに二人に聞こえるように声を出した。

紅太がギョッとするのと、二人が振り向いたのはほぼ同時だった。それほど距離がなかったこともあり、こちらへ歩いてくる。

「坂崎君に水嶋君じゃない」

「こんばんは」

「お疲れ様でーす！　篠宮さん今日もめっちゃきれいっすね～！」

「……相当、酔ってるでしょ」

「はい」

苦笑いの篠宮に、紅太も頷く。一路といえば、怪訝そうにこちらを見ている。

「っていうか、一路さんと篠宮さん？　一緒に飲んでたんですか？　やっぱ付き合ってるって噂、本当だったんだ⁉　うわー篠宮さんに憧れてるやつ多いのにー！」

水嶋が二人を交互に見つめ、わざとらしく頭を抱えた。確かに篠宮は、通りかかる人が思わず振り返るような美人だし、一路と並んでも引けを取らない。そういえば、二人はどちらもお互いの名前を親し気にファーストネームで呼び捨てにしていた。そうか、二人はそういう関係だったのか。

あれ……？　そう思うと、何故か紅太の胸に言葉に表せない、もやっとした気持ちが芽生える。多少変わり者とはいえ、一路の顔とスペックなら、彼女がいない方が逆に不自然だろう。そんなのわかっているはずなのに、どうして自分はショックを受けているのか。

「いいなー一路さん。人生イージーモードもいいとこですよねー」

そうこうしている間も、水嶋の軽口は続いていく。酒が入っているとはいえ、さすがに止めないとまずい。二人の性格上ないとは思うが、場合によっては直属の上司である尾辻に迷惑がかかるはずだ。

「ちょっ、まずいですって」

焦ったように紅太が水嶋の腕を引っ張れば、

「どうする澪？　ばれちゃったみたいだけど」

満更でもないという表情で、篠宮が意味深な笑みを浮かべた。けれど、話を振られた一路の方は、眉間に皺を寄せたまま、紅太と水嶋を見ている。

「……こいつと飲みに行ってたのか？」

ようやく口を開いた一路が、紅太へと問う。こいつ、というのはおそらく水嶋のことを指しているのだろう。

「そうでーす、俺と紅太君めっちゃ仲良しですから！」

「……紅太君」

ハイテンションな水嶋の言葉に、一路がぽつりと呟いた。

「完全に出来上がっちゃってるみたいね。坂崎君、送って行った方がいいんじゃない？」

「はい、そのつもりです」

日頃の水嶋は一路を恐れているのか、管理係にさえも滅多に近づかない。これ以上一緒にいると、何を言い出すかわからないし、早々に退散した方がいいだろう。

「それじゃあ篠宮さん、お先に失礼します。一路さんも、また明日」

二人に軽く挨拶し、再び水嶋に肩を貸した紅太が歩き出す。けれど、

「ちょっと待て。確かそいつは寮だろ？　ここからならタクシーの方が近いだろ」

「え？　そうなんですか？」

出向する際、独身寮も紹介されたが、引っ越しが面倒だった紅太は自衛隊時代からの賃貸マンション暮らしだ。そのため独身寮の場所は正確に知らなかった。ただ、駅から歩いて三分程度だと水嶋に聞いたことがあったため、何とかなるだろうと思ったのだ。

「え～？　嫌ですよタクシー高いし。せっかく定期があるんですから電車を使います」

話を聞いていた水嶋が、すかさず二人の間に入ってくる。酔っていることもあり、いつも以上にはっきり意見が言えるようだ。それに対し、ますます一路はムッとしたような表情を見せた。そしてスーツの中からHのロゴが特徴的な長財布を見せると、そこからカードを取り出し、無言で差し出してきた。

紅太が代わりに受け取ったそれは、プリペイド式のタクシーチケットのようだった。

「いいんですか？　さすが一路さん！　セレブ刑事！」

「くだらないことを言ってないで、さっさと帰れ」

水嶋に対し、まるで犬でも追い払うかのようにシッシと一路が手を動かす。ちょうど走ってきたタクシーを篠宮が止めてくれ、乗り込んだ水嶋が寮の住所を運転手へと伝える。

「じゃーねー紅太君！　また一緒に飲もうね～！」

カーウインドウを開け、最後まで上機嫌に手を振る水嶋に、紅太も苦笑いで手を振りかえした。

「……いつの間に、飲みに行くほど仲が良くなったんだ？」

「え？　何か言いました？」

「別に、なんでもない」

車のクラクションの音で途切れ途切れにしか聞き取れなかったため聞き返せば、一路は小さく首を振った。とりとめのない会話を嫌い、疑問を持てば必ず追求してくる一路にしては、珍しい行動だった。

「じゃあ、私もそろそろ帰るね」

紅太と一路のやりとりを見守っていた篠宮が、にっこりと微笑む。

「タクシー使うから。二人とも、お疲れさま」

「あ、はい。お疲れ様です」

「また、連絡する」

二人に対して笑いかけると、篠宮は先ほどと同じように、道路に向かってすらりとした手を上げた。

「良かったんですか？　送っていかなくて」

篠宮を見送りながら、隣に立つ一路へと話しかける。

「タクシーなら大丈夫だろう。だいたい、あいつは合気道二段だぞ」

「……外見からは全く想像がつきません」

「それを言うなら、お前も大概だけどな。それで？　バカと飲んでお前の気は少しは晴れたのか？」

バカというのは、もしかしなくても水嶋のことだろうか。

「え……？」

「今日一日、ずっと落ち込んでただろ」

その通りだった。杉原に関する捜査が、出来なくなってしまったこと。そして、自分が持ち込んだ捜査のせいで、一路まで叱責されてしまったこと。考えれば考えるほど、気持ちは沈んでいった。

普段通りに振る舞っていたつもりだったが、一路は全てわかっていたようだ。

「すみません」

「だから、別にお前が謝る必要はない。さっさと帰るぞ、終電がなくなる」

腕時計を見た一路が歩き出したため、仕方なく紅太もその後を追う。

隣を歩きながら、自分より上背のある横顔を、こっそりと見上げる。さり気ない一路の優しさが、とても嬉しい。自然と口元は綻《ほころ》び、胸が高鳴るのを感じた。この気持ちは、一体なんなんだろう。

8

翌日。午前の書類の処理を紅太が終わらせたのを見計らうと、紅茶を手に持った一路が話を振ってきた。

「昨日話していた米軍とは違う方向ということだが、USBに関する問い合わせがあったのは、米軍だけじゃなかったはずだ」

「つまり、米軍ではなく防衛省側へ働きかけるということですか?」

「杉原の渡そうとしたデータは所謂、特別防衛秘密だからな。特秘の中身を公にすることは防衛省側も望まないだろうが、揺さぶりをかけるとしたらそこだ」

「こういった案件の場合、本来は公安が動くのでは……」

警視庁・公安部の中には、外国人による諜報《ちょうほう》活動を取り締まる部署があるはずだ。

「ああ、公安の外事課の仕事だな。だが、この状況で静観しているということは、むしろ動くなという命令が出ているんだろう。公になれば機密を漏洩させた防衛省は勿論、事件の捜査に踏み込まなかった警察側も痛手を負うことになる。どちらもそれは避けたいがために、自殺ということで穏便に済ませようとしているんだろう」

「だけど、それならどうやって……USBが見つかっていない今、証拠が……あ!」

「そう、USBがなくとも、元のデータとそれを移した記録はしっかりPCに残ってる」

「じゃあ、昨日のPCさえ手に入れば」

そう言いかけた時、ちょうど一路のスマホが振動した。一瞬眉を寄せたが、名前を確認するとすぐに耳へと当てる。

「……はい。ああ、わかった。いや、知らせてくれて助かった」

相手はわからないが、一路の顔が目に見えて厳しいものになる。

「やられたな」

「え？」

「カンナからだ。マンションの管理人に杉原の所持品の提出をしてもらえないか、鑑識の方から問い合わせを頼んでおいたんだが、一足遅かったようだな。一昨日のうちに、防衛省側に持っていかれたそうだ」

おそらく、先日の紅太と一路の動きが防衛省側にも伝わっていたのだろう。迂闊だった。もしかしたら、USBに関して問い合わせたのも、これが狙いだったのかもしれない。

「警務隊ですね……最初から杉原が情報を漏洩した可能性も考えていたんだと思います。俺たちが捜査をしたことによって、疑惑が確信に変わってしまった」

警務隊は、自衛隊内で秩序を維持するための部署だ。隊内における警察のような役割を担っているため、自衛隊員であった杉原のPCを持っていくなど容易《たやす》いことだろう。

「杉原の潔白は証明され、機密の漏洩自体、なかったことにされるということか」

一路が、鼻で笑った。

「……はい」

米軍にとっても、防衛省にとっても、そして警視庁にとっても、杉原の死は自殺で済ますのが一番都合が良いのだ。けれど事実を知った今、友の死を見過ごし、それで納得するなど出来るはずがなかった。

「……市ヶ谷、防衛省へ行ってきます」

「坂崎」

長い腕を伸ばし、一路が歩き出そうとする紅太の腕を掴む。

「行ったところで、はいそうですかとＰＣを返してもらえるわけがないことは、お前が一番わかってるだろ？」

「だけど……」

「万事休すだ。手の尽くしようがない」

「諦めるんですか？」

「そうは言っていない。ただ、現時点で俺たちに出来ることは何もない」

何も言い返すことが出来ず、紅太は唇を噛む。一路の言っていることは正論だ。反論しようにも、現時点で自分たちに出来ることは何もないことは確かだ。

ただ、だからといって、納得出来るわけがなかった。

「闇雲に動いても事態を悪くするだけだ、今は何もするな」

「ですが……！」

そんなこと、出来るわけがなかった、もう少しで、杉原の無念を晴らせるかもしれないのだ。

声を荒げたい衝動を、必死に抑える。

顔色一つ変えていない一路に対し、感情的になっている自分がひどく滑稽に思えた。

「……紅茶、淹れてきます」

やんわりと一路の腕をほどき、給湯室へと向かう。

昇っていく湯気を見ながら、紅太は自分がショックを受けていることに驚いていた。この状況でも、一路ならなんとかしてくれるのではないかと、そんな風に、考えていた。

一路は何も悪くない、むしろ、ここまで一緒に調べてもらったことに感謝すべきだろう。

昨日の刑事部長の反応を見ても、この件に関する捜査を続ければ、警視庁内でただでさえ悪い管理係の立場が、一層悪くなることは明らかだ。他省庁からの出向者である紅太の場合、簡単にクビを切ることは出来ないが、一路は警察官だ。それに、昨日水嶋から聞いた話を考えれば、これ以上何か問題を起こせば、いくら一路といえど立場は危ういだろう。

それこそ場合によっては、職を失いかねない。これ以上、事件に巻き込むわけにはいかない。紅太はジャケットのポケットから、基地内で渡されたメモを取り出す。

目の前に広がる、東京都心の夜景。

最上階にあるバーから見えるその風景は、目の眩《くら》むような美しさだった。夜景を美しく映すためだろう。店内の照明は落とされており、大きな水槽の中ではゆらゆらと熱帯魚が泳いでいる。

元々有名な外資系のホテルは、つい最近日本企業が買収したとニュースで報道されていたが、客層はやはり外国人が中心のようだ。バーは会員制ということもあり、店内にはまばらにしか人がいないが、あちらこちらから聞こえてくる声は全て外国語だった。

こういった場所は、やはり落ち着かない。それでも、数年前の誕生日に姉から貰ったブランドのスーツを着た紅太は、姿だけ見ればこの場になじんでいるようだ。

実際、隣に座る男も紅太の姿を目にした途端、上機嫌でべた褒めをし始めた。

「それにしても、来てくれて嬉しいよ。あの時は悪かったね、忙しかったこともあって、きちんと話が出来なくて」

先日会った時とは、全く違う、満面の笑みでハリー・マーティンが言う。

「いえ……」

週初めに訪れた米軍基地内、最後に紅太が渡されたのは、マーティンからの伝言だった。詳しい話が聞きたければ週末、指定された場所にこの時間に来るように。

個人的な連絡先が一切書かれていないそれを、怪しいと思わなかったと言えば嘘になる。しかも、どうして自分だけ呼ばれたのかもわからない。けれど、膠着《こうちゃく》状態になってしまったこの状況を変えるためにも、少しでも事件の情報が得られるのなら。そんな気持ちから、紅太はマーティンの誘いに乗ることにした。

場所は紅太でも知ってる高級ホテルであったし、行ったところで誰もいなかったとしてもカクテルの一杯でも飲んで帰ればいいだろう。

そう思い足を運んでみれば、入り口で名前を聞かれ、カウンターで待つマーティンの下へと案内されたのだ。マーティンはメモに記載した時刻よりも早く来ていたようで、紅太の姿を見ると前回とは打って変わった笑みを向けてきた。

困惑しながらも紅太は隣へ座り、ウエイターにギムレットを注文した。何か良いことがあったのか、自慢気にマーティンは自分の話を始める。

経歴等は、さすが実践を経験している軍人なだけあり、聞いていても興味深い内容ではあった。紅太の反応が良いと思ったのか、ますますマーティンは上機嫌になっていく。

「坂崎君は、警察に入って長いのかな?」

「あ、いえ……。私は元々自衛官で、警視庁へはこの春から出向しているんです」

あまり個人情報を伝えるべきではないかと思ったが、警察官としてのキャリアを聞かれてもうまく答える自信がなかったため、そこは正直に答えた。とはいえ、もう自衛隊へは戻れないかもしれない、という話は勿論伏せておいた。

「ああ、そうだったんだね」

紅太の言葉に、マーティンの表情が目に見えて変わる。まるで、何か良いことを聞いたというような、そんな顔だ。

「どうりで、姿勢がきれいだと思ったよ。制服姿の君も、とても美しいんだろうね」

言いながら、マーティンの手が紅太の腰を撫でるように触る。ぞわりと鳥肌が立つのを感じながらも、紅太はなんとか笑みを保った。先ほどから、どうもマーティンは紅太の手や身体へとことあるごとに触れようとしてくる。話の内容も、杉原のことではなく紅太自身のことばかりだ。

「自衛隊では何を？　海上自衛官、ではないようだね？」

「あ、はい……陸上自衛官です」

「階級は？」

「1尉です」

「君もオフィサーなんだね。さすが、英語の発音もとてもきれいだ」

所属こそ違うが、隣にいるマーティンは海軍少将だ。そのため、問われるとつい正直に答えてしまう。それがわかっているからだろう、紅太が元々自衛官であることがわかると、マーティンの問いかけはさらに多くなった。

「君の年齢でオフィサーということは、士官学校の卒業生かな？　確か、ベースの近くにある……」

防衛大学校のことが言いたいのだろう。マーティンからの質問に困惑していた紅太だが、チャンスだとばかりに言葉を返した。

「はい、そこで杉原とは同期で、友人でした。……マーティン少将、私は杉原が自殺をしたということがどうしても信じられません。何でもいいんです、知っていることがあったら、教えて頂けませんか」

請《こ》うように視線を向ければ、なぜかマーティンの口角が上がった。

え？　と思った時には、カウンターの上にあった紅太の手に、マーティンのそれが重ねられた。あまりに気持ちが悪く、振り払いたくなったが、その気持ちを懸命に抑える。

「君がそこまで言うなら……ただ、ここは少しばかり場所が悪い。下に部屋を取ってあるんだ、よかったらそこで話さないか？」

「は、はあ……」

「機密をこういった場で話すことが出来ないのは、君もわかるだろう？」

ここでは話せない、という時点でやはり杉原の死にマーティンが関わっているのだろう。

ただ、さすがにホテルの部屋という密室でマーティンと二人きりになるというのは抵抗があった。しかも、相手は杉原を殺した可能性すらある人間だ。だが、杉原のことを聞く絶好の機会でもある。

返答に窮《きゅう》している紅太に焦れたのか、マーティンはさらに言葉を続けた。

「君も慣れない仕事で大変だろうね。どうだろう、君さえ良かったら私の方からチーフオブスタッフに元の職場に戻せるよう、話してみようか」

チーフオブスタッフ、というのは自衛隊のトップである統合幕僚長だ。確かに、マーティンの立場なら面識もあるだろう。しかしながら、この状況でこの話に触れられるというのは、さすがに違和感があった。

もしかしたら、杉原の死の真相を秘匿する代わりに、紅太を自衛隊へと戻してくれると言っているのだろうか。

どうすれば、マーティンから話を聞き出せるか、考えあぐねている時だった。

「お話中、失礼します」

「へっ?」

驚きのあまり、素《す》っ頓狂《とんきょう》な声が出た。慌てて振り返れば、そこには先ほど職場で会ったばかりの一路の姿があった。どうしてここに。マーティンから呼び出されていたことは、一切伝えていないはずだ。

「坂崎、何度も連絡を入れたのに気が付かなかったのか？　至急、署に戻って来いと刑事部長からの命令だ」

驚きながらもスーツのポケットからスマートフォンを取り出せば、一路が言うように、着信がいくつも入っている。

「すみません、今確認しました」

「午後に提出した書類のことで、質問があるそうだ」

おそらく、一課に提出した書類のことだが、それに関しては、自分でなくとも一路だって対応出来るのではないか。そう聞こうとした紅太は、すぐに自身の口を閉じた。

一路の目から、静かながらも強い憤りを感じたからだ。表情はいつも通り冷静なものではあるが、自分を見る強い眼差しに怯んでしまう。

まずい、かなり怒っている。何もするな、と言われていただけに勝手な行動を取った自分に非があることは紅太もわかっていた。

「わ、わかりました」

せっかくマーティンから話が聞けそうなのに、と思いつつ、それを一路に言える状況ではないのは紅太にもわかった。

「マーティン少将、申し訳ありませんが、急な仕事が入りまして……」

「待ちたまえ、この時間にわざわざ呼び出すなんて、いくらなんでも勤務形態に問題があるんじゃないのかい?」

　席を立ち、頭を下げようとした紅太に、すかさずマーティンが不満を口にする。

　確かに、忙しい中わざわざ時間を取ってくれたマーティンにも失礼だろう。

　謝罪し、別の日に改めてスケジュールを調整して貰えないか頼んでみようと、マーティンの方を向けば、

「マーティン少将、部下が失礼を致しました。少将の仕事もそうであるとは思いますが、私どもの仕事は緊急を要するものが多く、こういった時間に呼び出されることも珍しくはないのです」

　流暢な、それこそネイティブと何らかわりのない英語で一路がマーティンへと言葉をかける。

　口調こそ丁寧だが、一路の言葉からは強い圧を感じた。マーティンも、その迫力に飲まれてしまったのだろう。

「それは……そうだね」

　先ほどのような、強気な物言いは鳴りを潜めていた。

「ところで少将、坂崎がお相手出来なくなってしまったので、代わりに私が話し相手になろうと思うのですが?」

「い、いや……生憎、これから予定が入っていてね」

「先ほど、部屋を取ってあると聞こえたような気がしましたが」

「……予定が変わったんだ。ま、まあ一杯くらいなら大丈夫だろう」

「では、同席させて頂きます。坂崎、刑事部長によろしく言っておいてくれ」

言いながら、一路はこれまで紅太が座っていた席へと自分が代わりに腰掛ける。

「はい、わかりました。お二人とも、失礼致します」

素直に頭を下げ、その場を離れようとすれば、すれ違いざま、一路に手を取られ、何かカードのようなものを渡された。

「先に部屋へ行っていろ」

一路は紅太にしか聞こえない声で囁くと、すぐに手を放した。

ハッとして振り返ったが、一路はすでにマーティンと穏やかに談笑をしており、紅太の方に視線を向けることはなった。

一杯だけ飲んだギムレットの会計が終わっていないことは気になったが、後で一路に支払えばいいだろうとそのままバーの入り口へと向かう。

明るい照明の下、鮮やかな色合いの絨毯《じゅうたん》の上を歩きながら、一路に渡されたカードを見つめる。特別な加工がされているのだろう、ホテルの名前と部屋番号が入ったそれがルームキーであることはすぐにわかった。

どうして一路がここに……という疑問はあったが、とりあえずは言われた通り指定された部屋へ向かおうと、紅太はそのままエレベーターホールへ足を進めた。

大きな窓の向こうに、ライトアップされた東京タワーが見える。部屋から見える東京都心の夜景は、まるで宝石が散らばったように美しい光彩を放っている。

柔らかいソファに座り、飽きることなくそれを眺めていた紅太だが、窓から視線を逸らすと、ゆっくり室内を見渡す。

一路はカードキーを渡した時、部屋で待っていろと言っていたが、紅太が想像していたホテルの部屋とは随分違っていた。

まさに、絵に描いたようなスイートルームだ。リビングルームの隣にはベッドルームが続いており、どちらもとにかくだだっ広い。外国人の宿泊客が多いこともあるのだろう、家具の一つ一つも大きいため、正直腰が据わらない。テレビなど、大きすぎて何インチあるのかわからないくらいだ。

そろそろ一時間になるが、一路が部屋に戻る気配はない。終電まではもう少し時間があるが、マーティンとの話が長引くようなら先に帰ることを一路に伝えなければならない。

そう思いスマートフォンを手に取ろうとすれば、独特な解錠音が耳に入り、部屋の扉が開いた。

「一路さ……」

ホッとして立ち上がる。けれど、一路の顔を見た紅太はそれ以上の言葉を続けられなかった。その表情が、これまで見たことがないほど怒りを露わにしたものだったからだ。

「俺は何もするな、と言ったはずだが？」

磨き上げられた革靴で部屋の中へ入ってきた一路が、端的に尋ねた。紅太が勝手にマーティンとコンタクトを取ったことについて言っているのは、すぐにわかった。

低い声色に、凍てつくような鋭い眼差しが、一身に紅太へと向けられている。基本的に、一路は感情の起伏が激しくない。皮肉めいた笑みや呆れたような顔を見せることはあるが、目に見えて怒りを見せたことなど一度もなかった。

だから、こんな一路を見るのは、初めてだった。

「その……」

慎重に、言葉を選ぶ。

「一路さんに何も報告しなかったのは、悪かったと思います。けれど、マーティン少将からは他言無用だと言われていて……」

「それはそうだろう、あの男の目的は最初からお前だったんだからな」

「え……？」

言われている意味がわからず、首を傾げれば、一路の形の良い眉がつり上がった。

「それより、一路さんはどうしてここに？」

「どうしてここに、か。俺が週末をラグジュアリーなホテルで楽しむとでも？」

「……違ったんですか？」

言った瞬間、素早い動作で一路の手が真っ直ぐに紅太へと伸ばされ、その頭を掴む。

痛みを感じないが、身動きが取れないほど一路の力は強かった。

「全く、この形の良い頭の中身は一体どんな構造をしているんだろうな。知能指数は高いはずなんだが」

「い、一路さん……？」

「この数日、仕事はこなしつつもどこか上の空で、今日に限っては時間をやたら気にしていたのを、俺が気付いていないとでも？」

一路の言葉にハッとする。平静を装っていたつもりだが、やはり隠せていなかったのだろうか。

「そもそも、捜査活動の原則は二人一組だ。しかもお前の警察官としてのキャリアは二ヶ月足らず。新卒ならまだ研修期間だな。そんなお前が、単独捜査に及んで、事態が好転するとでも思ったのか？」

「それは……」

「自惚れるな。スタンドプレーはやめろと最初に警告したはずだ。部下なら俺の命令に従え。無能な働き者は、俺の下にはいらない」

無能、という一路の言葉が紅太の心に突き刺さる。

周囲から常に評価されてきた紅太ではあるが、自身を有能だと思ったことは一度もない。

一路に比べれば、それこそ能力も見劣りしてしまうだろう。

けれど、ここまでこき下ろされて聞き流すことなど出来なかった。

「確かに、一路さんへの報告を怠り、自身の判断で行動したことは悪かったと思います。だけど、他に方法がありましたか？」

「……何が言いたい」

「一路さんはあの時点で、手の施しようがないと言いました。つまり捜査は頓挫《とんざ》したということです。そんな時に、事件関係者であるマーティン少将とのコンタクトが取れた。有力な証言を得るためにも、渡りに船だと思うのは当然だと思いませんか？」

「それで？　お前の言う有力な証言というのは取れたのか？」

「それは……これから、取るはずだったんです。実際、マーティン少将も場所を移して話そうと」

「場所を移して？　そうすれば証言が得られると？」

心なしか、紅太の頭を掴む一路の手が強められた。

「証言を取るためには手段は選ばない、たとえ身体を使ってでも、か。素晴らしく殊勝《しゅしょう》な心がけだな」

「は、はあ⁉」

今まで大人しく一路の話を聞いていた紅太だが、さすがにその言葉は聞き流すことが出来なかった。

「身体を使うって、どういう意味ですか？」

紅太が問えば、一路はこれ見よがしに深いため息をつき、そしてようやくその手が紅太の頭から離された。

「やはりわかっていなかったか」

そして呆れかえった眼差しを紅太へ向ける。

「最初に基地で話した時から、お前のことを舐めるような目で見ていただろう。あのまま俺が声をかけなかったら、今頃お前はあのエロ親父の餌食《えじき》だ」

「そんな…まさか」

一路の言葉がすぐには信じられなかったが、自分だけ呼び出され、さらに異様なまでに距離が近かったことを考えれば、思い当たる節がないわけでもない。

「全く、温室育ちはこれだから」

そんな紅太の反応に、それ見たことかとばかりに冷笑を浮かべる。

確かに自分の行動は迂闊《うかつ》で、考えが足りなかった。けれど、ここまで言われて黙っていられるほど紅太も大人しい性質ではない。

「別に、それでもよかったと思いますが」

「……なんだと？」

「関係を持ってしまえば、あちらの弱みを握ることにだってなります。そうすれば、事件の真相に近づける可能性だってあります」

本音を言えば、自分にそこまで器用な真似が出来るとは思えない。それでも、このまま事件が有耶無耶なまま終わってしまうことだけはどうしても避けたかった。

「俺は、そのためなら何だって……」

「黙れ」

紅太の言葉は、底冷えがするほど低い一路の言葉によって打ち消された。あまりの怒気に、紅太も言葉に詰まる。今までも確かに苛立っていたが、その比ではなかった。

「言葉だけじゃ、わからないようだな」

呆然と立ち尽くす紅太に対し、一路の手が自分へと近づくのがまるでスローモーションのように見えた。

殴られる――そう思い、目をつぶる。

けれど、想像していたような痛みはやってこなかった。自分の頬が何か温かいものに包まれ、よく知る一路のにおいが近くなる。

「ん……!?」

口付けされている、ようやくそれに気付いたのは、一路の舌が紅太の口腔内《こうこう》へと入ってきた時だった。

咄嗟に逃れようとするが、想像以上に一路の力は強く、身動きが取れない。舌で歯齦《しぎん》をなぞられ、柔らかい舌で中を蹂躙《じゅうりん》されていく。深いキスは長く続き、二人の津液が混じり合う。

ようやく解放された時には、紅太は軽く息切れていた。心臓の音が、とてもうるさい。

「何を……!」

口元を抑えつつ、抗議しようと一路を見れば、一路の方もどこか困惑したような表情をしている。一路自身も、自分の行動に驚いているようだ。

眉間に皺を寄せたまま、じっと紅太の方を見つめる。まるで、何かを確かめるかのように。

「そうまでして事件の真相を究明したいなら協力してやる」

「! ……ほ、本当ですか?」

「ただし」

そう言うと一路は、紅太の身体を引き、自身の胸の中へと抑えこむ。

「お前が俺に抱かれること、それが条件だ」

「な……！」

熱っぽく耳元で囁かれ、顔に熱が集まる。それでもなお、紅太は抗議をするために一路の方を見た。

「なんでそんな条件がつくんですか。仕事なんですから、協力してくださいよ」

「甘えるな。そもそも杉原の死に関しては既に自殺で処理されているんだ。それを覆すのにどれだけの手間がかかるか、わからないわけじゃないよな？」

「それはそうですが……」

「だいたい、これは管理係の仕事でもなんでもないんだ。それ以上を望むなら、それなりの代償を払え」

それが、紅太が一路に抱かれることだと、一路はそう言いたいようだ。

「抱かれるって……そもそも、一路さん同性愛者じゃないですよね？」

紅太自身に偏見はないが、一路は最初に出会った時たくさんのきれいな女性に囲まれていた。

「関係を持った人間のほとんどは女だな。男の場合、女と違って後腐れがない分手間がかかる。元々男が好きなわけでもないから、基本的にあまり触りたいものでもない」

予想はしていたが、一路の貞操観念はゆるい。

「だったらやめておきましょう。無理することはありません」

「いや、お前は別だ」

「……は？」

「お前は顔も美しいが、身体のラインもとてもきれいだ。お前の身体ならぜひ触ってみたい。キスをして思ったが、とてもしっくりきた」

にっこりと、きれいな笑顔を向け、甘い声で囁く一路だが、言っている内容は最低以外の何物でもない。ようは顔と身体が目当てということじゃないか。

「そ、そもそも一路さん、篠宮さんがいるじゃないですか！　彼女に悪いと思わないんですか⁉」

「カンナ？　何であいつの名前が出てくるのかわからないが、あいつはなんとも思わないだろ」

一路の言葉に、紅太の顔がこれ以上ないほど引きつる。とてもそんな風には見えなかったが、もしかしたら篠宮も貞操観念に関しては同じような考えを持っているのだろうか。

「事件の真相を、究明するなら何でもするんじゃなかったのか？」

先ほど自分が言った言葉を一路に繰り返され、グッと言葉に詰まる。

リビングのすぐ隣は、ベッドルームで、セミダブルのベッドが二つ並べられていた。まさか、この部屋に立ち入ることになるとは思いもしなかった。

顔を近づけられ、啄《ついば》むようなキスを何度もされながら、そのままゆっくりと身体を押し倒される。横たわった寝台は、とても広く感じた。

優しい手つきで前髪をかき上げられ、視界が明るくなると、一路の顔がいつもよりよく見えた。切れ長の目に、意志の強そうな眉、弱々しさは全く感じられない。いつも涼しげなその顔立ちが、珍しく上気している。

一体、どうしてこんなことになったのか。一路にされるがままになりながらも、紅太の頭の中は未だ困惑していた。こんなことは間違っている、そう思いながらも、今の紅太には一路の力が必要だった。

洞察力や、捜査能力の高さは、この数カ月一緒にいただけでも十分理解している。マーティンとのことだって、結局一路に助けてもらったのだ。だから、差し出された一路の手を拒むことは出来ない。これはあくまで取引で、交換条件のようなものだ。大した意味はない。身体を強張《こわば》らせながら、意識を遠くへ持っていく。

顔や目、頬、首筋とあちこちへキスを落とされる。

首筋へのキスがむずがゆく、小さく首を動かせば、一路は楽しそうに何度もそこへ口づけた。その間も、一路の手は紅太の肩や腰、身体の部位の一つ一つを確かめるように触っていく。

元々ジャケットは脱いでいたとはいえ、器用にワイシャツを脱がされ、アンダーシャツがたくし上げられる。

浮き出た鎖骨を舐められ、脇腹の線をなぞられる。

「細いな」

コンプレックスを刺激され、思いきり眉をひそめる。

「放っておいてください」

「骨も細いし、筋肉がつきにくい体質なんだろうな」

そう言いながら、手首を掴まれた。紅太が、休日は時間があれば筋トレをしていることを知っているにも拘わらず、この言い草だ。

対して一路の方は、スーツの上からでは分かりにくかったが、薄いシャツの上から触れた胸板はしっかりしていた。

別に、紅太だって細身ではあるが筋肉はついている。ただ、一路の逞《たくま》しい腕や胸筋と比べれば、自分の身体がひどく貧相に見えた。思わず、既にたくし上げられていたアンダーシャツの裾を掴む。

「別に恥ずかしがることはないだろう」

「……そういうわけじゃ」

ない、と言いつつも、実際はとても恥ずかしかった。これまでずっと男社会で生きてきたのだ、男の裸など見慣れているし、肌を見せることに抵抗もないと思っていた。けれど、いざ一路に対して自分の身体を見せるとなると、言いようのない恥ずかしさを感じた。

「あの……一路さん、やっぱり」

「今更、やめるなんて言わないよな？」

しようとした提案を先に否定され、言葉に詰まる。

別に、大したことではない。自分は女性ではないのだし、少し身体に違和感を感じるだけだ、等と言い聞かせたものの、いざ始めてみればそんなに簡単なものではないことがわかった。何より、無心でいようとは思うものの、先ほどから一路に触られるたびに、今まで感じたことのない感覚が身体の奥からおこる。

「お前のことだ、どうせごちゃごちゃと余計なことを考えているんだろうが」

紅太に覆い被さっている一路の手が、紅太の顎を掴む。

「とりあえず、その生真面目でお利口さんな頭は少し休ませておけ」

「な……ん……！」

抵抗する間もなく、紅太の口は再び一路によって侵された。


これは、あくまで交換条件で、セックスなんかじゃない。冷静になれ、と自分自身に言い聞かせる。けれど。

はあはあという、自分の小さな息づかいが聞こえる。

一路の手の動きは巧みで、次から次へと紅太の快感を引き出していく。

「ひっ……あっ……！」

片方の胸を唇で嬲《なぶ》られ、もう片方は指の腹で何度も転がされる。

時折強く吸われると、ぴりりという何とも言えない疼きが身体の中に走り、快感に、声が漏れそうになる。

「桜色なんて表現、官能小説でしか使われないものだと思ったが、お前の乳首はまさにそんな色だな」

一路の口ぶりは甘やかで、楽しそうに紅太の尖りを吸引する。

「ひゃ……あっ……」

声が抑えられず、気が付けば嬌声が零れてしまう。

「どんどん色づいていくな」

「なんで……胸が……」

自分は、女ではないのに。それなのに、この感覚はなんだ。

「性感帯のある場所は男女でそう変わらないはずだ。もっとも、お前は人より感じやすいみたいだがな」

そんなはずはない、と否定したいところだが、実際自分の身体は一路に触れられることを喜んでしまっている。

嫌だ、こんなことは間違っている、そんな風に思っていた気持ちが霞んでいく。

気持ち良い、もっと触って欲しい。

口には出さないまでも、身体は紅太が思うよりよっぽど正直だ。

身体が熱くなっているのは、一路も一緒なのだろう。気が付けば、一路の身体からも服がなくなっていた。逞しい一路の腕を掴み、縋るように自身の身体を近づける。もっと触って欲しいというように。

頭の中は、かすみがかったようにぼおっとしている。

「ふ……はっ……！」

「本当に、お前はどこもかしこもきれいに出来ている」

うっとりと、一路が下の茂みを撫でる。

そのまま手を伸ばし、紅太の男性器をやんわりと包み込んだ。

「なっ！　待っ……」

「待たない」

慌てて閉じようとした両足を、素早い動作で一路によって広げられる。

一路は片腕しか使っていないはずなのに、全く歯がたたない。

既に硬さを帯び、起ち上がっている自身が一路の目にさらされる。

「そんなに、見ないでください」

足を大きく広げられ、紅太の何もかもが一路の目にうつってしまっている。

「恥ずかしがる必要はないだろ。だいたい、何も反応してなかったら俺の方が自信をなくす」

「……電気、消して貰えませんか」

照明は落とされているとはいえ、自分の痴態《ちたい》が、余すことなく一路の目に触れているかと思うと、いたたまれない。

「仕方ないな」

その気持ちが通じたのか、一路はそう言うとベッドサイドに置いてあるリモコンで部屋の照明を消し、枕元の間接照明のみにしてくれた。

一路が紅太の性器へとゆっくり舌を這わせる。裏筋を舐め上げられ、より硬く、起ち上がってしまう。

「や……めてくだ」

「お前のここは、やめて欲しいとは言っていないけどな」

一路の息がふわりと性器にかかった。

そのまま一路は紅太の屹立を自身の口へと含んだ。

温かい粘膜に包み込まれ、丁寧に舌先が性器を舐め上げていく。

あまりの気持ちよさに、自然と腰が揺れていく。

「こんな、こと……！」

しなくてもいい、という言葉は最後まで続かない。

その間も、一路は紅太の性器を銜《くわ》え、その口を動かし続ける。独特な粘着音が、紅太の耳元によく聞こえた。

「あ……やっ……一路、さ……」

もうダメだ、出てしまう、というところで、それがわかったのか一路の口がそっと紅太のそこから離された。

一路の口の中には出さずにすんだが、中途半端にされた紅太の性器の先端は震えている。

思わず、目の前にある一路の顔をじっと見つめてしまう。

「そんなに物欲しそうな顔をするな」

ニヤリと、人の悪い笑みを浮かべた一路が、紅太の頬に軽い口付けを落とす。

蠱惑《こわく》的な微笑みに、紅太の肌が自然と粟立った。

起き上がった一路は、どこからか持ってきたローションを自身の指で少し温め、そのまま紅太の秘孔のまわりをぐるりと撫でる。

花の香りがふわりと鼻腔《びこう》に触れ、不思議と身体の力が抜けた。

その瞬間を、一路は見逃さなかった。

長い指を、ゆっくりと紅太の中へと入れる。

「あっ」

初めて知るその感覚に、僅かに身体が仰け反る。

「痛いか？」

優しく問われ、小さく首を振る。慎重に入れてくれたのだろう。異物感はあったが、痛みは感じなかった。

目の前にあった一路の腕を掴めば、微笑まれ、髪を撫でられる。

「ここも、とてもきれいな色をしてる」

上擦った声で言う一路に、頼むから少し黙って欲しいと紅太は首を振る。

自分では絶対見ることがない部分を見られている。それだけで、十分紅太の羞恥は刺激された。

「中も、真っ赤だ」

力が入り、なんとか閉じようとするそこを、一路は指を増やし、少しずつ拡げていく。

ぐるぐるとかき回され、腹の中を触られる。クチュ、という小さな音が、耳によく聞こえた。

「少し、量を増やした方がいいな」

一路は透明な小さなボトルを取ると、自分の手にそれをとり、先ほどと同様に温めてから紅太の中へとそれを垂らす。

滑りが良くなり、クチュクチュという音が、より大きくなる。

そのまま、奥へと進んでいく一路の指は、いつの間にか三本まで増やされていた。

双丘の間を、一路の指が何度も抜き差しされていく。

「ひーーーっああっ！」

一路の指が、どこかに触れ、自分でも信じられないくらいの、高い声が出た。

声を抑えようと唇を噛めば、許さないとばかりに一路が口の中に指を入れる。

「噛むな、唇が切れる」

一路の手が離れたことで閉じようとした足は、すぐさま一路の足を間に入れられた。

「まったく、お前も大概強情だな」

苛立ったのか、一路が勢いよく奥へとその指を入れ、先ほどの場所を突くように触られる。

「ううっ……！　あっ！」

身体中にはしる快感に、気が付けば紅太は自らの意思で自身の足を大きく割り開いていた。

起ち上がった陰茎の、先端からは蜜が零れている。

もう、我慢が出来なかった。

イキたい、そう思い手を伸ばせば、やんわりと一路の手がそれを抑えた。

「もう少し、いい子で我慢しろ」

指がするりと抜かれ、思わず恨みがましく一路を見てしまう。

「そんな顔をするな、すぐにイカせてやる」

ピンと、一路の指が紅太の屹立を弾く。

「ひっ」

そんな小さな刺激にさえ、声が出てしまう。

そうこうしている間に、あらかじめ用意されていたのだろうか。ベッドサイドのテーブルに置かれていたゴムのパッケージを開け、自身の中心へと被せる。

朦朧とした意識の中、それを見ていた紅太は大きく目を見開いた。

不可能だ、あれが自分の中に入ってくるなんて。

たくましい身体の一路に相応しい、猛々しい形を持つそれに、紅太は小さく首を振る。

「無理です……」

出た声は弱々しく、力ないものだった。一路が、わざとらしいため息を吐く。

「お前なあ」

そして、両の手で紅太の両足を、軽々と抱え上げられる。

「お前も男ならわかると思うが、俺もこれ以上は待てない」

耳元で甘く囁き、拡げられたそこに、ゆっくりと熱く、硬い塊が入っていく。

「はっ……！　あっ……！」

既に一路の指が十分に解していたからだろう。痛みはそれほどなかった。

それでも、先の一番太い部分が中へ入っていく瞬間は、やはりきつく感じた。

「締め付けすぎだ、ゆっくり、息を吐け」

熱っぽい一路の声を聞きながら、言われるままに息を吐き出す。

その瞬間、ずしりと一路が紅太の中へと押し入ってきた。

「あっ……」

紅太の中が、一路のものでいっぱいになる。

「すごい、拡がってるな、ここ」

皺がなくなるほど、紅太の肉襞は広げられていた。優しくそこを撫でられ、かえって恥ずかしくなる。

「ん……」

「痛いか？」

「大丈夫、です……」

思ったより、痛みは少なかった。

「じゃあ、もう動いていいな」

「え？」

問い返すまもなく、紅太の中を一路がゆっくりとかきまわしていく。

浅く深く、その動きは、少しずつ速くなっていく。

「ああっ！　やっあっ……！」

嬌声が自然と口から漏れる。

時折気持ちの良い部分に硬いものが触れ、その度に紅太の身体ははねた。

それを楽しむかのように、一路はわざとそこを避け、そして再び突き始める。

「違っ……そこ……」

中にいる一路の存在を離すまいと、締め付ける。

あまりの気持ちよさに、気が付けば強請《ねだ》るような言葉を発していた。

けれど、それにかまう余裕などない。

「貪欲だな」

楽しそうに一路は紅太の身体を抱え上げると、そのまま上半身を起こし、胡座《あぐら》をかいた自身の上へと紅太の身体を落とした。

「ああっ……！　は……！」

自分自身の体重により、これまで以上に深く、一路の肉棒が紅太の奥へと入っていく。

気持ちの良い部分に当たって欲しくて、懸命に腰を揺らせば、それに焦れたのか、一路に強く下から突き上げられた。

「あっ！　はっ！　あっ！」

両腕を一路の逞しい首へと回し、腰を浮かせる。

こんなこと今までしたことがないのに、自然と一路の動きを身体が受け入れていた。

「締め付けすぎだ」

一路の言葉すら、もうほとんど耳には入ってこない。

紅太の性器は、一路が片手で何度も擦りあげている。

「……出すぞ」

あたたかなものが広がっていくのを、ゴム越しに感じる。自身が精を吐き出したのと、どちらが早かったのか。

紅太の白い液体が、自分と、そして一路の身体にかかっているのをぼんやりと見つめる。

互いの汗と体液で、ただでさえべたべたなのだ。はやく、シャワーを浴びなければ。

そう思いつつも力が抜け、すぐに動こうという気には全くならない。

しなだれかかる紅太の身体を、一路もしばらくの間離そうとはしなかった。


薄暗い部屋の中、誰かの声が聞こえる。

眠気が強く、瞼を開ける気分にはとてもなれなかったが、話の内容は少しずつ耳に入っ

てくる。

電話で誰かと話しているらしい一路が発している言語は、全て英語だった。そういえば、篠宮はアメリカ育ちで、英語での会話の方が楽だと言っていた。日常会話は、英語で行っているのかもしれない。

いつもより、一路の声色が幾分穏やかなのは、相手にそれだけ気持ちを許している証拠だろう。

「love you,too」

切る瞬間、確かに一路はそう口にした。

愛してる。そうか、篠宮に対してはそんな甘い言葉もかけるのか。二人が付き合っていることは知っていたはずなのに、紅太の胸にはなぜか鈍い痛みが走った。

電話を終えた一路が、紅太の髪を優しく撫でる。そんな風に触るのはやめて欲しい。他に恋人が居るくせに。

そのまま、強い眠気に耐えきれず、紅太は再び深い眠りについた。

9

聞こえてきた独特な電子音により、紅太の眠りは唐突な終わりを告げられる。

鳴っていたのは、毎朝設定してある自身のスマートフォンのアラーム音だった。画面は、朝の六時を表示している。

寝坊しなくて良かった。ホッとすると同時に、早急に意識がはっきりし、頭がクリアーになっていく。

自分の部屋とは明らかに違う、一泊いくらかかるかわからない高級ホテルのスイートルーム。広い寝台の隣には、つい先ほどまで人が寝ていた気配がある。

身体は清められてはいるようだが、何も服を纏《まと》っていない自分。耳を澄ませば、シャワーの流れる音が微かに聞こえる。

まるで絵に描いたような、事後の姿だ。

みるみるうちに、顔に熱が集まる。ちらと見れば、身体のあちこちに赤い印、いわゆるキスマークが散らばっている。思い出せば、一路は紅太の腰のラインが気に入っていたようで、行為中もなんどもそこに触れていた。首筋などというベタな場所でないとはいえ、気恥ずかしいことに変わりはない。一言もの申したい気持ちは大いにあったが、それを言えば涼しい顔で、「お前だって気持ちよさそうにしていただろう」と言われるに決まっている。

最初こそ理性を保っていたものの、途中からあまりの気持ちよさに、一路から与えられる快感に夢中になってしまった。それこそ強請るように一路の身体に手を回し、あられもない声を出していた自分の痴態を思い出し、耐えられずに首を振る。今すぐ、昨日の出来事を記憶から消去してやりたい。

「なんだ、もう起きてたのか?」

そのままうずくまっていると、バスルームから出てきたらしい一路の声が聞こえた。

「気分は?」

一路の表情はいつもとほとんど変わらない。

自分はこんなにも動揺しているのに、どうしてそんなに冷静でいられるんだ。そんな苛立ち混じりに、一路の方を見る。

「……最悪です」

それ以外に、言いようがなかった。

「穴があったら、今すぐ入りたい」

「穴に入れたのは、俺の方だけどな」

この状況でその下ネタはどうなんだと、勢いよく起き上がり、一路へ鋭い視線を向ける。

「どうした?」

「……なんでもありません」

「シャワーでも浴びてきたらどうだ?」

「……後でいいです」

「まあ好きにすればいいが、そろそろ頼んだルームサービスが届くぞ」

シーツを身体に巻き付け、紅太が寝台を降りたのと部屋のベルが鳴ったのは、ほぼ同時だった。


一路が用意したらしい下着と服を身につけ、リビングへと向かえば、窓際にあったテーブルには白いクロスがかけられ、所狭しとばかりに朝食が並べられていた。

大きな窓からは、朝の柔らかな光が優しく差し込んできている。

土曜の七時前ということもあり、ゆったりとした都心の朝の風景が窓の下には広がっていた。

「何を突っ立っている、冷めないうちに食べるぞ」

「あ、はい……」

こういったホテルでは定番のコンチネンタル・ブレックファーストではあるが、たくさんのパンと色とりどりの野菜、焼きたてのベーコンやハムなど、種類も豊富でそれほどなかった紅太の食欲も刺激された。

どうやら出てくるのを待ってくれていたようで、紅太が席に着けば、ようやく一路がナイフとフォークを手に持った。

紅太も、それに倣うように口の中にサラダを入れる。

そうしながらも、気恥ずかしさから、とても顔をあげることが出来ない。けれど、ふと自分の袖が目に入ったことから、目線をあげずに紅太は問うた。

「あの一路さん、昨日のスーツは」

「クリーニングに出しておいた」

「じゃあ、この服は」

「下にある店で適当に見繕わせた」

「……後でまとめて請求してください」

このホテルには、バーやレストラン以外にもいくつかのアパレルショップが入っているが、全て誰もが名前を知っているようなブランドショップばかりだ。

実際紅太が今着ている服も、色やデザインはシンプルながらも着心地がとても良い。

痛い出費ではあるが、値段が張るものは長く使えることを考えれば、悪い買い物ではないだろう。

「別に、俺が勝手にやったんだ。いらなければその辺に捨てておけ」

「そういうわけには……ここの宿泊料だって、お支払いします」

「元々年間契約しているホテルだ、それも必要ない」

その言葉に、ほんの一瞬紅太の手が止まる。どうりで、部屋の使い方に慣れているはずだ。

　ただ、一人で泊まるにはどう考えても広すぎる部屋を誰と利用しているのか。考えずともわかる、恋人である篠宮だろう。当たり前のことなのに、気が付けば紅太の手は完全に止まってしまった。篠宮に悪い、という気持ちも勿論あるが、それ以上に言いようのない痛みが胸に走ったからだ。

「坂崎？　食べないのか？」

「いえ……頂きます」

　食欲がないわけではないのに、思うように手が進まないのだ。それでも、何も口にしないわけにはいかないため、とりあえずレタスを口の中へと入れる。

「そういえば、昨日のマーティンのことだが」

　一路の言葉に、ハッとする。自分が今こうしている理由を思い出し、一路の話に耳を傾ける。

「何か話は聞けましたか？」

「場数を踏んでいるだけのことはあるな。話をはぐらかすのも上手ければ、なかなか口を割らない。大した情報は得られなかった」

「そうですか……」

「ただ、気になる点はあった」

一路が、ローストビーフをきれいに切り分け、半分を紅太の皿へと置いた。紅太も小さく頭を下げ、それを口に入れる。さり気ない優しさを嬉しく思いつつも、同じように篠宮にもしているのかと思うと、素直に喜ぶことが出来ない。そんな自分を、とにかく今は事件に集中しろと叱咤《しった》する。

「気になる点？」

「USBに関する問い合わせを警視庁にした話を切り出したんだが、身に覚えがないという風だった」

「マーティンはUSBの存在を知らなかった、ということですか？」

「それはないな。それまでのらりくらりとかわしていた狸親父が、USBという単語を出した途端、明らかに動揺していた。杉原を脅していたのは、マーティンで間違いないだろう」

「一体、どうして……」

あの杉原が、他人から脅されるようなことをするとは考えられない。

「だから、それを探しに行くんだろう。予定も聞けたし、宛がないわけじゃないからな」

「ありがとうございます……！」

やはり、一路に協力して貰えてよかった。自分だけならば、USBの話題どころか、動きを知ることすら、難しかっただろう。悔しいが、こればかりは仕方がない。

「……なんですか？」

目の前に座る一路が、愉快そうに紅太の方を見ている。

「いや、ようやく顔を上げたな」

微笑まれ、意識しないようにしていた昨夜のことを思い出し、思わず顔を手で覆った。

「捜査に成果を出した礼は？」

「え？　はい⁉」

確かに、昨日は捜査協力の条件としてセックスを提案された。もう一度、あれをするということなのだろうか。

「ちょっと、あの、少し休ませてください」

混乱する頭は、気が付けばわけのわからないことを口にしていた。

「お前、本当クソ真面目だな。冗談だ、冗談」

食事を終えたらしい一路が、席を立ち、そのまま紅太の前までやってくる。目を丸くしている紅太のことなど気にも留めず、そのまま腰を低くする。

「ま、これくらいは貰ってもいいだろう」

リップ音とともに、一路が紅太の額へとキスを落とした。

「な……！」

そのまま、一路は洗面室の方へと向かっていく。あまりにも一瞬のことで、されるがままになっていた紅太は、我に返ると慌てて額へ手を当てた。

頬にどんどん熱が溜まっていき、それを振り払うかのように首を振った。トクトクという、心臓の音が聞こえる。どうして、一路に触れられただけで、こんなに胸が高鳴るのか。

紅太は、こっそりと自分の胸に手を当てた。

10

明けて月曜日。登庁した紅太が管理係室を開けば、ちょうど木札の名前を一路がひっくり返しているところだった。

「え？　一路さん？」

驚いて、思わず声をかければ一路が振り返る。どことなく眠たそうに見えるのは、いつもより登庁時間が早いからだろう。

「な、なんでこんなに早いんですか？」

勤務開始時刻の十分前に来ることが常の一路にしては、随分早い登庁だった。この土日、一路のことで頭がいっぱいだったこともあり、まともに顔を見ることが出来ない。

「捜一のバカ共に朝一で会議を入れられた」

窓際部署とはいえ、係長である一路は会議が時折入る。何かしら理由をつけて出ないこともあるが、捜査一課が主体となっているためそれも出来なかったのだろう。

不機嫌そうに言いながらも、一路が隣にある紅太の木札もひっくり返してくれる。

「ありがとうございます」

目をそらしながら礼を言えば、一路が紅太の顔をジッと見つめる。そのまま、伸びてきた手が紅太の頭へと触れそうになった時だった。一路のスーツのポケットから微かな振動が聞こえてくる。

「はい」

すぐさま、一路がスマートフォンを取り出した。

「ああ、心配しなくてもちゃんと登庁してる。鑑識からは誰が出るんだ？」

電話の相手は篠宮のようだ。おそらく、朝が強くないであろう一路のためにモーニングコールをしたのだろう。電話の向こう、微かに聞こえてくる篠宮の笑い声にツキリと胸が痛んだ。

「一、二時間で戻る」

紅太にそれだけ言うと、スマホを耳に当てたまま、一路は部屋から出て行った。

閉じられた管理係室のドアを見つめ、盛大にため息を吐く。そして次に、ムカムカと、気持ちがささくれ立つのを感じる。自分とあんなことをしておきながら、どうして一路は全く動じず、平気な顔をしていられるんだ。一路にとっては、それくらい些末な出来事なのか。あんなに大切な恋人が居るのに、なんで自分に手を出したりしたのか。

だいたい、自分の前であんなにデレデレと電話するなんて、無神経すぎるだろ！　そう思った瞬間、紅太はそんな風に考えてしまった自分に驚く。なんで、仲が良い一路と篠宮の姿を見たくないのか。二人のことを考えるとこんなにも、胸が痛むのか。

その答えは、もうわかっていた。自分は、篠宮に対して嫉妬しているのだ。


どこかスッキリしない気持ちのまま、一週間を過ごした紅太が、マーティンとのアポイントを取れたことを一路から聞いたのは、金曜になってからだった。

「まあ、アポといってもパーティーの合間だからそう込み入った話が出来るとは思えないがな。でも、何か新しい話は聞けるかもしれない」

「はい、ありがとうございます。それで、パーティーの日程の方は……」

捜査なのだし、てっきり自分も同伴するものだと思っていた。けれど。

「ああ、悪い。今回のパーティーは俺も同伴者の立場なんだ」

「え？」

「在日米国人関係者の集まりだからな。招待されているのはカンナだ」

つまり、一路は篠宮のパートナーとして参加するということだ。

「そう、なんですか……」

一瞬、強張りそうになった表情を隠し、平静を装う。篠宮のスタイルと容姿なら、パーティードレスもとても華やかに着こなすだろう。そして、スマートな動作で一路がエスコートするはずだ。想像すると、チクリと胸が痛んだ。

「なんだ、上手い飯が食いたかったなら、今度知り合いの店に連れてってやろうか？」

「……結構です」

悪気はないのだろうが、的外れな一路の言葉が、妙に癇《かん》に障《さわ》る。

「二課の手伝いに行ってきます」

「またか？」

デスクには戻らず、そのままドアに向かおうとすれば、一路が訝《いぶか》し気《げ》な声を出した。

一路のことを見直してからは、基本的に管理係で仕事をしていた紅太だが、ここ数日は他の課にいる時間を意図して長くしていた。一路と同じ空間にいると、当たり前ではあるが何かしら会話はするし、それだけならいいのだが、篠宮の話題が出ることだってある。一路が篠宮の名前を口にする度に、苛立ち、耳を塞ぎたいくらいなのに、平然と話を聞き続けなければならないのだ。苦しいし、胸が痛い。

そんな風にうじうじと悩む自分が嫌で、つい管理係にいる時間を短くしてしまっているのだ。

「おい」

紅太が一路を一瞥し、そのまま踵を返せば、苛立ち気に声をかけられる。

「……なんですか」

出た声は、何だかいじけたものになってしまった。一路が形の良い眉を上げ、口を開きかける。その時、

「坂崎はいるか？」

勢いよく音を立ててドアが開かれ、よく知った声が管理係室内に響き渡る。

「尾辻さん？」

突然の捜一のエースの登場に驚く紅太の腕を、尾辻の大きな手が掴む。痛みまでは感じられないが、それなりに力は込められている。

「時間がないんだ、一緒に来てくれ」

「え？」

そのまま尾辻によって引っ張って行かれそうになった紅太だが、もう片方の腕を今度は別の手が掴んだ。

「どういうつもりだ？　大岡裁きでもするつもりか？」

紅太の腕を掴んだ一路を、尾辻が睨みつける。

「それはこっちの台詞だ。人の部下を勝手に連れて行くのに何の説明もしないつもり

か？」

尾辻の眉間の皺がこれ以上ないほど深くなり、吐き捨てるように言った。

「……ハリー・マーティンが、殺された」

「え……？」

紅太との目が、大きく見開いた。一路の顔を見れば、さすがの一路の顔にも動揺が見られた。


尾辻の行先は、警視庁内にある大会議室だった。

既に整然とたくさんの机と椅子が並べられており、おそらく収容人数ギリギリまで警察官が入っている。それこそ、今まさに立てられたばかりの捜査本部の会議が始まるところだった。入り口には、大きく「横須賀米軍基地司令官殺人事件、捜査本部」と達筆な文字で書かれていた。部屋の前方中央にもいくつかの机と椅子が置かれ、刑事部長を初めとする所謂お偉方がずらりと座っている。

廊下でカメラやビデオを持っているのは、おそらくマスコミ、警視庁記者クラブの人間だろう。

尾辻は後で聞きたいことがあるから、とりあえず会議を聞いていてくれと言い残し、自身の席へと戻って行った。

「……毎回、こんな風に大規模な捜査本部が立ち上がるんですか？」

「まさか。今回が特別だ。何しろ、殺された相手が相手だからな」

大会議室の後方の一番端で、会議の様子を見ていた紅太が疑問を口にすれば、すぐに一路が答えた。

「未だに信じられません。マーティン少将が殺されたなんて……」

尾辻から渡された、事件資料へと目を落とす。昨日、横浜まで会食に出かけた後、基地内にある自宅へと帰る道すがら、付近の公園で刺殺されたのだという。サーバーがよほど混雑していたのか、それとも管理係だけ後回しにされていたのかわからないが、この情報がメールで届いたのも少し前のことだ。

今は刑事部長がマイクを持ち、事件の概要について説明している。殺されたのは昨晩未明、刺殺されており、凶器となった血痕がついたナイフも現場近くのゴミ箱内で見つかっていた。マーティンが持っていた財布も中身が抜き取られ、同様にゴミ箱へと捨てられている。そのため、強盗殺人の線が強いと、推察されていた。

「事件があったのは横須賀ですよね？　神奈川県警の管轄では？」

「現場はそうだが、被害者がこれだけの大物だからな。警視庁の方から手を上げたんだろう。もっとも、近隣の県警はみんな来ているみたいだが」

頭に浮かんだ疑問を一路へと尋ねれば、声を潜めて教えてくれた。

「現場近くにあった監視カメラの映像には同時刻に一人の青年が映っており、重要参考人として現在行方を追っています」

確かに、今説明している捜査員はジャケットに「神奈川県警」と書かれている。それ以外にもよく見れば、千葉県警、埼玉県警と書かれたジャケットの捜査員もちらほらいた。

説明と同時に、捜査員に追加で配布された紙が紅太のところまでまわってきた。現場の場所と殺害当時の状況、そして青年の写真と簡単な特徴が書かれていた。

「監視カメラに映っていたのは金盛連《かなもりれん》、学生団体Peacemakerの元代表です」

前方にある大きなスクリーンに、映像が映される。薄暗い中、走り去る男の手には確かに財布らしきものが握られていた。特別美形というわけではないが、緩いパーマをかけ、今時のオシャレな大学生、といった容貌だ。

「Peasemaker って確か」

「数年前に国会前でお祭り騒ぎをしていた連中だな」

「お祭り騒ぎって……」

当時、政権が出していた法案に反対するという名目で集まった青年たちは、従来のデモの形とは違う、ラップやダンスを取り入れていたこともあり、マスコミもこぞって取り上げた。

彼らなりに自身の政治主張をしていたはずだが、それも一路に言わせると「お祭り騒ぎ」で終わってしまうらしい。

「金盛はPeacemaker解散後、大学院で学びながら現在は米軍基地反対の集会、デモに参加していました。マーティン基地司令官を狙ったのも、おそらくそういった背景があるのではないかと……」

捜査員の話は続いており、重要参考人としながらも、ほぼ状況証拠だけで金盛が容疑者だと決めつけているような説明だった。

「どうりでマスコミの数が多いわけだ」

「え？」

「基地問題については長いこと現政権も頭を悩ませているからな。ただ、長引きすぎて沖縄に同情的だった世論も、最近では過激な言動の反対派へ懐疑《かいぎ》的な見方も出てきている。そんな中、基地反対派の青年が米軍基地のトップを刺殺、なんて報道されれば一気に基地反対派こそ暴力的なテロリスト集団だと世論誘導できる」

確かに、殺人事件として捜査本部が設置されるのは当然にしても、動員されている捜査員の数があまりに多すぎる。

官邸筋から何か言われている可能性もあるが、政権の人間がわざわざそれを口にするとは考えにくい。忖度《そんたく》、という言葉が紅太の頭を過った。

マイクを通した刑事部長の声はいつも以上に力が入っているが、人の数が多く、未だ出入りをしているため会議室内は騒然としたままだ。

「とにかく！　日本警察の威信にかけて、全捜査員には一刻も早く犯人確保を目指して貰いたい！」

気合いの入った刑事部長の話が終わり、捜査員が席を立ち始める。どうやら、最後に金盛の姿が確認されているのは渋谷駅付近の監視カメラであるため、その辺りを重点的に探すようだ。

「……一路さんは、金盛の犯行だと思いますか？」

「お前はどう思う？」

「重要参考人であるとは思いますが、彼にマーティン少将が殺せるとは思いません」

「理由は？」

「資料には、犯人は被害者の腹部を刺殺、しかも急所を狙ってのものだと書かれてます。出血量の少なさを考えれば肝臓や腎臓ではなく、心臓だと思いますが、胸骨で守られているためかなりの強さが必要ですし、素人が一発で刺せる場所だとは思いません」

「なるほど、良い推理だ」

「……馬鹿にしてます？」

「いや、実際お前の推察は正しいだろう。だが、現時点では目撃者もいなければ、犯行時刻に監視カメラに写っているのも金盛だけだ。これだけ状況証拠が残れば、容疑者扱いされても仕方ない部分はあるだろうな」

既に、会議室にいる捜査員たちは携帯電話を片手にあちこちで打ち合わせを行っている。

「だけど……あまりにも動機が弱すぎますよね？」

「何がだ？」

「金盛です。彼はデモのパフォーマンスこそ話題になりましたが、政治的主張はもっとこう、ふわっとしていたといいますか……そこまでの果敢さは感じられなかったというか」

「そりゃあ、実現不可能な絵空事を高々と主張するのは学生の専売特許だからな。とはいえ、財布を盗んだ映像が残っている時点で全く関係ないというわけでもないだろうが」

一路の声には、どこか呆れたような響きがあった。殺人は行っていなかったとしても、窃盗は立派な犯罪だ。

「じゃあ、犯人は……」

「一路！」

紅太の声は、強引に割って入ってきた第三者の声によって遮られた。声のした方へと二人が顔を向ければ、顔を真っ赤にした刑事部長が早足でこちらへ向かってくる。

「管理係のお前が！　どうしてここにいるんだ！」

「警視庁内で手が空いている者は、みな会議室に集まるようにとのお達しだったようなので」

遅れて届いたメールには、確かにそう書かれていた。涼しい顔で答える一路に、グッと刑事部長が言葉に詰まる。

「お前たち管理係は別だ！　いいか！　今回の件に関して、お前は何もするな！　絶対に首を突っ込んでくるんじゃないぞ！　だいたい、管理係の仕事は……」

「それより、刑事部長に頼みがあるのですが？」

「な、なんだ⁉」

「私と坂崎に、本日から三日ほど休暇を頂けませんか？」

一路の言葉に、刑事部長が目を丸くする。

「は……？」

「代休が溜まっていたと思うので、これを機会にぜひ消費したく」

よほど、一路の申し出が意外だったのだろう。刑事部長は驚き、ぽかんと口を開けてしまった。けれどすぐに我に返り、咳払いをする。

「ま、まあそういうことなら。捜査員の数も足りているし、好きに」

「ありがとうございます」

これ以上話すことがないとばかりに、刑事部長の話を遮り、礼を言った。

そんな一路の態度に目を白黒させていた刑事部長だが、他の捜査員に呼ばれたこともあり、すぐにその場から去って行った。

「行くぞ」

作り笑いをやめた一路は紅太に声をかけると、颯爽と会議室のドアへと向かっていく。

「ちょっと待ってください、尾辻さんの話がまだ……」

状況にいまいちついていけていない紅太が疑問を口にすれば、一路が振り返る。

「そうだったな」

うんざりしたように一路が言えば、ようやく打ち合わせが終わったらしい尾辻が二人のところまでやってきた。

「悪い、思ったより遅くなった。少し話を聞かせてもらえるか?」

「あ、はい……」

尾辻は一路の方を見ようともせずに、紅太にそう言った。少し後ろでは、水嶋が困ったような笑いを浮かべている。視界の端で、一路の眉間の皺が深く刻まれたのが見えた。

紅太が尾辻と水嶋に呼ばれたのは、大会議室と同じ階にあるミーティングルームだった。打ち合わせ用に使われる部屋だが、防音設備は整っているため声が外に漏れることはない。

窓際にはテーブルがあり、尾辻は自分が椅子へ座ると、向かい側にいる紅太にも座るよう促した。

「なんでお前までここにいる？」

なるべく視線を向けないようにしていたようだが、尾辻がいら立ったように一路の方を見る。

「坂崎は俺の部下だ。強引な尋問でもされたらたまらないからな」

「誰がするか」

二人がまともに話しているのを初めて見たが、予想以上に馬が合わないようだ。こうなることを予想していたのだろう、隣にいる水嶋が小さくため息を吐くのが見えた。

「あの、尾辻さん。話って」

このままでは埒が明かないと思った紅太が控えめに尋ねれば、尾辻が思い出したかのように視線を戻した。

「ああ、悪い。実は、ハリー・マーティンの携帯電話のGPS情報を調べたら、先週末に都内のホテルに数時間滞在した記録が残ってた。マーティンの秘書だという女に聞けば、ホテルで待ち合わせたというのはお前だと聞いたんだが」

「それは……」

予想していなかった言葉に、紅太は思わず隣に立つ一路へ視線を向ける。思っていた通り、その表情は険しい。

「自分にも、容疑がかかっているということでしょうか？」

基地で大半の時間を過ごしているマーティンが、外部の人間と接触するのは珍しいはずだ。事件との関係を疑われる可能性が、ないとは言えない。

「いや、そういうわけじゃない。ただ、覚えている範囲でいいから、先日のマーティンの様子を教えて欲しいんだ」

表情こそ強面《こわもて》ではあるが、尾辻の紅太への接し方は一路への態度とは違い、丁寧だ。水嶋の言う、面倒見がよいというのもわかるような気がする。

「あの日の夜は……」

「自分の経歴を気持ちよく自慢し、三杯ほどブランデーを飲んで帰っていたぞ。バーを出て行く時の足元もしっかりしていた」

横から口を挟んできた一路に対し、尾辻が思い切り顔をしかめる。

「お前には聞いて」

「ちなみに、これが坂崎のGPSの記録だ。確かにバーでマーティンとは会っているが、そのまま坂崎はホテルに泊まっていたから、その後は一切マーティンとは接触していない」

一路がこれ見よがしに紅太のスマートフォンの画面を見せる。スーツのポケットに先ほどまで入れていたはずなのに、いつの間に取り出したのか。

「あくまでそれは坂崎のGPSの記録だろう？　本人がどこにいたかのアリバイ証明は」

「それは俺が証明出来る」

「は？」

声を出したのは、尾辻と、水嶋もほぼ同時だった。

「坂崎と同じ部屋に泊まっていたのは俺だからな。ついでにこのホテルは客室以外のいたるところに防犯カメラが設置されているから、それをかいくぐって外に出るのは不可能だ」

息もつかない一路の説明に尾辻も水嶋も、そして紅太自身も言葉を失った。

「……わかってはいたが、今回の事件に坂崎は全く関わっていないようだな」

「何を今さら」

立ち上がり、苦々しくそう言った尾辻に対し、一路が鼻で笑って言った。すぐさま、尾辻が鋭い視線を一路へと向けたが、一路は気にすることなく余裕のある笑みを浮かべている。

「プライベートにどうこう言うつもりはないが、まさか二十一世紀にもなって小姓《こしょう》を連れ歩いているとはな」

捨て台詞のように尾辻はそれだけ言うと、振り返ることなくそのままズンズンと部屋の外へと出て行ってしまった。

「ちょっ、待ってくださいよ尾辻さ……！　あ、紅太君、大丈夫だから！」

「へ？」

「俺、そういう偏見ないから！」

尾辻の後を追うように、水嶋も部屋を飛び出していく。去り際に、生暖かい笑顔を紅太へと向けるのも忘れずに。

「一路さん」

この状況を、呆然と見つめていた紅太が、ぽつりと尋ねる。

「なんだ？」

「小姓って……あの小姓ですよね、武家社会の」

「そうだな」

「しかも身の回りの世話をしていた方ではなく、色小姓の方」

「おそらくな」

「織田信長と森蘭丸とか……」

「まあ、定番だな」

「抗議してきます」

とんでもない誤解をされている。これは、きちんと弁解しなければ。そう思って二人の

後を追おうとすれば、

「まあ、待て」

すぐ隣にいた一路が、紅太の腕を掴んだ。不満気な視線を向ければ、何故か一路の表情には笑みが浮かんでいる。

「なんでそんなに楽しそうなんですか?」

「別に」

どうせ面白がっているだけだろう。紅太の気持ちなど知らず、いい気なものだ。

「まあ、いいです。それより一路さん、休暇って……」

先ほど持った疑問を、ようやく口に出す。いつの間にやら休暇を取ることになってしまったようだが、いくら一路が周りの空気を読めない男でも、さすがにこのタイミングで本気で休暇を取るとも思えなかった。

「おい、まさか俺が単純に楽しむための休暇を取ったとでも?」

「ということは、やはり……!」

「捜査に決まってるだろ。杉原の死の真相を、確かめたいと言ったのは誰だ?」

まるで当然のことのように、一路が言った。

「え、でもパーティーは」

「マーティンに会えるわけでもないのに、出る必要があると思うか?」

何を言っているんだ、とその顔は訝し気だ。

「ありがとうございます……！」

素直に、礼を言う。一路が、篠宮との約束ではなく、事件の方を優先してくれたのが嬉しかったからだ。

「大げさだろ」

言いながらも、一路の顔も満更ではないようだ。未だ多くの人でごった返している警視庁の中、紅太と一路は真っすぐに目的地へと向かって歩いた。

11

二人が一路の高級外車へと乗り込むと、タイミングよく一路のスマートフォンが鳴った。すぐに出るのかと思えば、一路はエンジンをそのままかけ、ハンズフリーモードへと切り替えた。

「聞いたわよ～首都圏の警察官が汗水垂らして走り回っている中、二人で休暇を取ったんだって？」

スピーカーから聞こえてきたのは、篠宮の楽しそうな声だ。こちらの表情は見えないとはいえ、紅太の表情が強張る。

「話がはやいな」

「うらやましいな〜？　……それで？　何か聞きたいことは？」

篠宮の声が潜められた。一路が休暇を取ったのは、捜査のためだということもわかっているのだろう。些細なことではあるが、そんなやりとりでさえ二人の繋がりの強さを見せつけられているようで、苦い気持ちがこみ上げてくる。

「現場鑑識を行ったのはお前だろ？　どう考えても素人の大学生に出来る殺しじゃないと思うが？」

「私もそう言ったんだけど、実は他にもそれを裏付ける証拠が出てきちゃったんだよね」

「……証拠？」

二人の話を聞いていた紅太が、思わず呟いた。小さな声ではあったが、篠宮にもしっかり聞こえていたようだ。

「うん。まだ発表されてないんだけど。インターネットの掲示板にね、『米軍基地のトップが殺されれば、周辺住民の基地反対派の本気もわかるし、米軍も出ていくんじゃないか』みたいな書き込みが見つかったのよ。数日前のネットカフェからの書き込みで、偽名は使ってたみたいだけど、その時の映像も残ってて、見事に金盛と一致。犯行動機と取られる可能性は高いでしょうね」

悪戯目的だったのだろうが、これだけ状況証拠が揃ってしまえばそうなるだろう。

監視カメラの映像と合わせれば、ますます金盛の犯行の線は色濃くなっていく。

「なに？　やっぱり二人とも、この件に関して捜査してるの？」

「残念ながら別件だ。……おそらくな」

「え？」

意味深な一路の言葉に、横にいた紅太の方が反応する。

「え？　それってどういう……あ、はいわかりました！　ごめん澪、またね！」

誰かに呼ばれたのだろう。慌ただしく篠宮が電話を切っている。

通話が終わると、ナビはテレビ画面を映し出した。前回聞いた一路の話では、知り合いのディーラーが運転中も見られるように設定してくれたらしい。確かに道路交通法上の問題はないだろうが、警察官として、それでいいのか。

「現場に残されたカメラには、しっかり金盛の映像が残されており……」

「最近の防犯カメラの顔認証システムはどんどん高度になっていますから、間違いなく金盛でしょう」

「卑劣な犯行だとは思いますが、それだけ金盛は弱者について寄り添ってきた人間で、基地反対派の気持ちを……」

どこかのテレビ局のワイドショーだろうか。訳知り顔で的外れな持論を振りかざす有識者という人間は、昔から苦手だ。おそらく、他の局も今はこの話題で持ちきりなんだろう。

日本のマスコミは、何か事件が起これぱまるで砂糖水に群がる蟻のように食いつき、競い合うように似たり寄ったりな報道を行う。よりインパクトがあり、より数字が取れるような番組を作るために。

「くだらない」

一路はつまらなそうに言うと、画面を消した。なんにせよ、自分たちが今捜査しているのは杉原のことで、マーティン殺害事件ではない。ただ、そうは思いながらも、どこか喉に棘が刺さったような、そんな引っ掛かりを紅太は感じていた。


横須賀、本町商店会。通称、どぶ板通り。

戦前、海軍の町であった頃に流れていたどぶ川が由来だと言われているが、現代ではもちろんそういった面影はない。

スカジャンの発祥の地でもあり、ベースと目と鼻の先ということもあって、戦後しばらくの間は米兵向けの飲食店やバーがほとんどだったが、最近は日本人の若者向けの店も増えている。それでも、やはり米軍関係者を対象にした店は多くあるし、休日ともなれば休暇中の米兵の姿をあちらこちらで見ることができる。

あの後、都内で買い物を終えた二人が横須賀に着いたのは、日が暮れかけてからだ。ボイスレコーダーも途中で購入し、紅太と一路は、一時的に二手に分かれることにした。聞き込みを行うにしても、一路の外見では目立ちすぎるし、一路は一路で他に確認したいことがあるということだった。

防大時代、半強制の飲み会はほとんど横須賀で行われていたため、紅太としては知らない場所ではない。それこそ、米軍関係者がよく集まるバーにもいくつか心当たりがあった。

日本の大学生で、英語の勉強も兼ねてベース内の仕事に興味を持っている、というのが今の紅太の設定だった。いくら若く見えるとはいえ、さすがに二十代の後半の自分に学生役は無理があるのではと思ったが、一路は聞く耳を持たなかった。しかも、今着ている服や靴も、全て一路によって選ばれたもので、ファッションに疎い紅太でも知っているような有名ブランドのものだ。最初それを一路に言われた時には、全身ブランドの服を着ている大学生が今時いるかと突っ込んでしまったが、それも連中はそんな細かいことは気にしないと押し切られてしまった。

昨日の今日で、基地の外に出ているような人間なら、内部の情報も簡単に話すはずだ、というのが一路の推察であり、紅太もそう思っていた。

ただ、そんな紅太に対して一路は最後まで「酒は飲まないこと」「何かあればすぐに連絡をすること」「携帯電話の電源は絶対切らないこと」と、口を酸っぱくして言っていた。

本音を言えば、一路の心配は過剰なくらいだと思ったのだが、それを言えば確実に単独捜査は禁じられてしまうだろう。既に軽率な行動から一路の足を引っ張ってしまっているのだ。

絶対、ここで何かしらの成果を自分が上げなければと、紅太はこっそり決意する。

マーティンが殺された直後だということもあるのだろう、いつもの週末に比べるとやはり米軍関係者の数は少なかった。おそらく、外出禁止、とまではいかなくとも自粛モードにはなっているはずだ。職務に忠実な人間であれば、この状況の中で基地の外へ出てくることはない。

米兵の数が少ないからだろう、普段であれば巡回しているはずのミリタリーポリスの姿もほとんど見かけなかった。

とりあえず、紅太は防大時代に噂で聞いていた、若い米兵に人気があるというバーのドアを開けてみる。

ドアを開けた瞬間、聞こえてきたのは大音量のロックミュージックだった。中を覗き込めば、思った以上に広く、カウンターに立つ大柄な店員もおそらくアメリカ人だ。内装のデザインもハリウッド映画の中に出てくるバーの雰囲気そのままだった。

米兵の隣へと座り、肩を抱かれている女性の姿もちらほら見えた。

いくつかのグループは紅太に気付くと、ほんの一瞬だけこちらを見たが、すぐに視線をそらしていった。

けれど、中にはニヤニヤと笑い、紅太を見ながらあれこれ話しているグループもいる。おそらく、海軍兵士だろう。屈強で、よく日に焼けた五、六人の若い青年たちは、まるで値踏みでもするかのように紅太の方を見ている。

はっきりいって柄はよくない。捜査のためとはいえ、関わるのに一瞬躊躇《ちゅうちょ》した。それでも、とにかく今は情報が必要だ。

一体どうやって話しかけようか、とカウンター席へと向かう途中、グループの中の一人が紅太へと話しかけてきた。

「よお、お嬢さん。一人なら、一緒に飲まないか？」

既に酔っているのだろう。不快な笑い声が耳によく響く。お嬢さん、と言われたことに内心苛立ちながらも、紅太は彼らの方を向き、自分に出来る精いっぱいの愛想笑いを浮かべる。

「よかったら、お願いします」

不自然にならない程度に発音を拙《つたな》くしてそう言えば、男たちは楽しそうに笑った。

紅太の予想通り、彼らは皆海軍の所属だった。そして、予想以上に馴れ馴れしい。奥のテーブル席は広く、もしかしたら常連である彼ら専用の席なのかもしれない。横浜市内に住む大学生で、英語の勉強もかねてベースでの仕事に興味がある、と紅太が言えば、抜きんでて人相の悪い男が、

「そりゃあいい。俺専属の添い寝係にしてやるよ。あまり金は払えないがな」

などと、スラングを交えながら声をかけ、紅太の腰に手を当ててきた。英語はあまり得意ではない、と言っているため、何を言われているのかわかっていないと思っているのだろう。

「おいおい揶揄《からか》うのはやめとけ、困ってるぞ」

苦笑いを浮かべながら止めたのは、グループの中では比較的落ち着いたタイプの青年だった。

「そうそう、弱っちいからって舐めてかかったら、刺されちまう可能性だってあるぞ。マーティンみたいにな」

一応、マーティンの部分は声を潜められてはいたが、青年のブラックな冗談に対しても皆おもしろそうに笑っている。

どこの国においても、海軍は上下関係が厳しい。それでも慕われる将校も中にいるはずなのだが、マーティンはそうではなかったようだ。マーティンに良い印象はないが、さす

がに彼らの態度には気分が悪くなった。

けれど、マーティンの話題が出たのは紅太にとってチャンスではあった。

「そういえば、基地の司令官が亡くなったんですよね。皆さん、ここで遊んでいて大丈夫なんですか？」

「まあ、あんまり大丈夫じゃねーけど。マーティンのせいで休みが潰されちゃ堪らないからな」

尊敬どころか、彼らはマーティンへ親しみすら持っていないようだ。

「おいおい、そんなに嫌ってやるなよ。俺たちだっていい思いをしただろ？　マーティンのお陰で随分内規《ないき》は緩くなったしな」

話を聞く限り、マーティンは権力を嵩にかけて基地内では横柄に振る舞い、さらに仕事に関しても熱心ではなかったようだ。

殺されたマーティンを悼《いた》む気持ちもないのか、次々にどんなにマーティンが嫌な上司であったかを話している。

困ったような顔でそれを聞いていれば、いつの間にやら紅太の前にもウエイターが酒を運んできた。断ろうとしたが、

「奢ってやるよ、ジュースみたいなものだ」

と、隣の男から言われてしまう。

ここで彼らの機嫌を悪くしてしまっては、せっかくの情報を聞くことが出来なくなってしまう。仕方なく、紅太は少しだけグラスに口を付けた。

アルコール度数はそんなに高くないのか、口当たりはとてもよかった。そんな紅太の様子を、ニヤニヤと周りの男たちは見つめている。

「確かに、多少の門限オーバーもちょっとした暴力沙汰も全てもみ消してくれたよな」

「そりゃ、軍にとって俺たちがそれだけ必要な存在だからだろ」

そこでまた、ギャハハと笑い声をあげる。

紅太は顔が引きつるのを耐えながら、なんとか愛想笑いを浮かべる。スラング交じりで、言っている内容がほとんどわからない、というふりをしながら。

「けど、そうは言っても最近のマーティンの機嫌、悪かったよな。なんか、ピリピリしてるっていうか」

「ああ、そりゃあれだろ。お気に入りのペットが死んじまったからだろ」

「いやいや、死んじまった、じゃないだろ。海に落としちまったんだよな」

ペット、海に落とした、その言葉に紅太は強い引っ掛かりを覚えた。彼らの言動から察するに、単純に動物のペットのことを指しているとは思えなかったからだ。

「おいおい、滅多なことは言うなよ。あれは自殺だったんだろ?」

「いやだけどよ、あの後のマーティンの様子、明らかにおかしくなかったか?」

「何が？」

「現場に何か異常はなかったか、ミリタリーポリスに総出で調べさせてただろ？」

「ああ、あれは事故か自殺かを見極めてたんじゃないのか？」

「俺もそう思ってたんだけどよ、こないだ飲んだ時に聞いたんだが、どうもそれだけじゃなくて、マーティンは何かを探してたらしいんだよな」

「何かって？」

「いや、さすがにそれはわからねーけど……」

会話から察するに、お気に入りのペット、というのが杉原のことを指していることはすぐにわかった。そして、マーティンが現場付近で何かを探していたもの、それこそが、杉原の残したUSBだろう。やはり、杉原の死にマーティンは深く関わっている。では、一体USBはどこに……。

どうせ会話の意味は分からないと思われているため、黙り込んでしまった紅太を気にすることなく、皆は話し続ける。

「スギハラだったか？　あいつも可哀想だったよなあ、フィリップがいた頃に比べて、明らかに顔色が悪かったもんな」

さりげなく出された杉原とそしてカール・フィリップの名前に、紅太は思わず顔を上げる。

「なんだ？　そんなに驚いた顔をして」

「あ、いえ……有名な人ですよね。以前、フレンドシップデーで見たことがあります」

　フレンドシップデーというのは、横須賀米軍基地の開放日だ。ここで不自然な態度を取るわけにはいかない。けれど、まさかここでフィリップの名を聞くことになるとは思わなかったため、少なからず動揺した。

「フィリップさんは、どんな方だったんですか？」

「どんな方って……真面目で面倒癖え奴だったよな？　まあ、やつのいた頃は問題もほとんど起こらなかったから上官の機嫌もよくて、俺たちに対する風当たりも良かったが」

「フィリップといえばこないだ見たぜ？　五日くらい前だったかな、マーティンの執務室からすごい怒鳴り声が聞こえてきて、その後すぐに顔を真っ赤にして出ていくフィリップとすれ違ったんだよ」

　それまで、これといって話に関心のなかった男が思い出したかのように口を開いた。

「フィリップが？　あいつは今ワシントンだろ？　何かこっちに用事でもあったのか？」

「だいたい、あの教会の牧師も驚く温厚な男が怒鳴り声なんて、見間違いじゃないのか？」

「いや、あれはフィリップだったぜ。まあ、マーティンの野郎と仲が悪いのは有名な話だったけどな」

「そりゃあ、同期だってのにキャリアも人望も、ついでに顔まで全部フィリップとは比べ物にならない小物だからな。面白くなかったんだろ」

そのまま、彼らの話題は他へとうつっていった。けれど、紅太は先ほど出た話題のことで頭がいっぱいだった。

マンションの寝室にあった、フィリップと杉原の写真。最後まで、フィリップに助けを請うていた杉原。

現場で執拗に何かを探していたマーティンの姿。この時期に来日していたというフィリップ。

一つ一つの出来事が、パズルのピースのように埋まっていく。けれど、どうしても最後のピースが見つからない。

それでも、彼らからの情報は十分に得ることが出来た。時計の針は二十二時を回っている。そろそろ一路に連絡して合流した方がいいだろう。

「あの、興味深い話を聞かせてくれてありがとうございます。今は大変そうなので、少し時間を置いてから求人に応募しようと思います」

たどたどしく、と意識していたつもりだが、気が急いていたせいか紅太の口からは流暢な英語が出てしまった。

そのせいだろうか、明らかに男たちの顔が訝し気なものになる。やってしまった、はやくここを出なければ。そう思い、ゆっくり立ち上がろうとすると、身体に力が入らず、慌てて紅太はテーブルに手をついた。

「おいおい、大丈夫かい？　ずいぶん、いい飲みっぷりだったからな」

確かに、紅太は出されたグラスを全て飲み干していた。甘いお酒は飲みやすく、立ち上がろうとするまで酔いはほとんど感じられなかったからだ。

「Ｂ５２をさらにスペシャルにしたやつだろ？　あれって後からくるんだよな～」

少しずつ意識が朦朧としていく中、男たちの話し声が聞こえる。

Ｂ５２、確かレディーキラーカクテルの一つだ。口当たりの良さに比べてかなりアルコール度数の高い酒だと聞いたことがある。男たちの言い分では、さらにアルコールを強くしているようだ。

まずい、舌に残る甘さのせいで、全く気付かなかった。

「こんなところに一人でのこのこやって来たんだ、お前だって期待してたんだろ？」

言いながら、男の一人が耳元へと顔を近づけ手を、紅太の臀部《でんぶ》へとまわす。ぞわりという不快感から、鳥肌が立った。

多勢に無勢、しかも自分はひどく酔いがまわっている。

店内を見渡せば、ニヤニヤと自分たちを見ているほかの客の姿が目に入った。慣れているのだろう、彼らも助けるつもりなどないようだ。

やるだけやってみるしかない、とふらふらとしながらも、紅太は男の手を掴む。

「なんだ？　そんなに強く握って」

そのまま、力の限りひねり上げようとした時だった。

「これはこれは、伝統あるUSネイビーが寄ってたかって準強姦罪の共謀《きょうぼう》か？」

突然割って入ってきた第三者の声に、紅太以外の人間も驚く。

「なんだてめえ」

「ここは基地の外だ。本国に強制送還されたいなら別だが、大人しく塀の中へ帰った方がいいんじゃないか？」

隣にいた男が思い切り舌打ちし、紅太の身体から手を離す。

ぼんやりとした視界の中、警察手帳を手に持った一路が凍り付くような視線で男たちを睨むのが見えた。


身体が熱い。

考えてみれば、買い物に時間を取られたこともあり、昼食をしっかり食べていなかったのだ。酒のまわりも早いはずだ。

着ていたカーディガンを脱いでも、まだ体は火照っている。小さく息を吐けば、額に何か冷たいものがあてられた。

「気分は？　吐き気はあるか？」

車のドアが開き、外から戻ってきた一路が、ペットボトルを差し出してくれる。どうやら、これを買いに行ってくれていたようだ。

「いえ、大丈夫です……」

息も絶え絶えに、なんとか答え、ペットボトルの蓋を開ける。

冷えたミネラルウォーターが、心地よく喉を潤していく。

「……ここは？」

確か、一路に支えてもらいながら車に乗りこんだところまでは覚えているが、その後は意識が朦朧としてしていたこともあり、はっきりしない。

「葉山のあたりだ。横浜まで戻るには時間がかかりすぎるし、別荘を使えるかどうか連絡したら、急遽清掃をいれてくれるらしい」

別荘地として有名な葉山は三浦半島《みうらはんとう》の先にある、海と山に囲まれた、とても景観の良い場所だ。バブルがはじけてからは別荘を手放す者も多いという話だが、一路の家には関係のない話のようだ。

「家の人間と顔を合わせると面倒だからな、少しここで時間を潰すぞ」

「ご迷惑おかけしてすみません」

紅太の体温が高いことに気付いたのだろう、カーウィンドウを開けてくれた。まだ本格的な夏にはなっていないため、夜の空気はひんやりとして気持ちがよかった。

「全くだな、お前に学習能力というものは備わっていないのか」

会話が出来るようになったからだろう、運転席に座る一路が、鋭い視線を向けてくる。

「酒を飲むなと俺は言ったはずだが？」

「一杯だけなら、大丈夫だと思ったんです。ジュースみたいなものだと言われましたし……」

「まさかその言葉を信じたわけじゃないよな？」

言い返すことが出来ず、一瞬言葉に詰まる。

「……情報を聞き出すためにも、彼らの機嫌を損ねるわけにはいかなかったんです」

紅太の言葉に、一路の視線はますます鋭いものになっていく。

「ふざけてるのか？」

「ふざけてなんかいません、実際、彼らの話から有益な情報が」

「坂崎！」

聞き出したことを話そうとするが、今の一路は全く聞く気がないようだ。

「そんなことはどうだっていい。これで二度目だぞ⁉　前回はともかく、今回はさすがにお前も状況をわかっていたはずだ。どうして、自分の身に危険が及ぶような真似をした？」

そんなの、決まっている。事件の捜査に協力してくれた一路のためにも、少しでも情報が掴みたかったからだ。軽率な行動だったとは思うが、情報を得るためには仕方がなかった。

「やはり、お前一人に捜査をさせたのは間違いだった」

その言葉からは、静かな怒りと、そして失望を感じた。

一路の言葉に最初こそショックを受けたが、すぐにふつふつとした怒りが沸いてくる。自分の行動が、一路に迷惑をかけたのは確かだ。だけど、あの場ではそうするしかなかった。それなのに、得た情報を聞くこともなく、どうして、一方的に責められなければならないのか。

「……一路さんには、関係ないじゃないですか」

悔しくて、あまりにもやりきれず、気が付けば口にしていた。

「なんだと？」

そしてその言葉は、しっかりと一路の耳にも入っていた。

「確かに、あの場に来てもらったことは感謝してます。だけど、酔いだって完全にまわってたわけじゃないんです、俺一人だって」

なんとか出来た、という言葉は最後まで続けることが出来なかった。

隣に座っていた一路の手が伸びてきて、紅太の口を覆ったからだ。

「……黙れ」

これ以上は聞きたくもない、そんな怒気を一路からは感じたが、紅太は思い切りその手を振り払った。

「一路さんが来てくれなくても、俺だけでも何とかなりました！　だいたい、女性じゃないんです、何かあったって別に大したことじゃありません」

嘘だった。あの時見えた一路の姿に心底ホッとしたし、頼もしさと、そして嬉しさを感じた。

だけど、素直にそれを口に出すことは出来ない。これまで誰かに庇われたことなどなかったし、男である自分が守られるということに、抵抗を感じるからだ。一路を前にすると、まるで自分が自分でなくなるような、そんな感覚になる。だから、精いっぱいの虚勢をはって一路を睨みつけた。

けれど、すぐに紅太はそれを後悔した。一路の顔から、完全に表情がなくなっていたからだ。

「言いたいことはそれだけか」

空気が冷えるような、そんな低い声だった。

言い過ぎた、謝らなければと頭のどこかでは思っているものの、素直にそれを口にすることは出来ない。

紅太が黙り込めば、一路が自身の腕を伸ばし、助手席のシートが勢いよく倒された。

「な……っ！」

何とか身体の体勢は保てたものの、すぐさま隣にいた一路が移動し、紅太の上へと覆いかぶさってくる。

抗議の声をあげようと口を開けば、すぐに一路の唇によって塞がれた。熱い舌が、強引に口内へと侵入してくる。

「や………っ！」

やめてください、そう言って抵抗しようにも、顎を一路に掴まれ、動かすことも許されない。そうしているうちに、快感の方が勝ってしまう。

「は………」

甘い声が、自分の口から洩れた。

激しいキスからようやく解放され、肩で息をする。そうしながらも、強引に口づけてきた一路を、紅太は思い切り睨みつける。

「自分一人でなんとかなるんじゃなかったのか？」

揶揄するように言われ、返答に窮する。手足を動かそうとする前に、すぐに一路の手で動きを封じられる。

酒が入っているのもあるとはいえ、強い力に、身動きを取ることも出来ない。

わかっている。一路が本気を出せば、自分の力ではとてもかなわないことを。

「……どいてください」

絞り出すような声で、紅太呟いた。悔しさから、目には涙が滲んだ。

「お前には少し、仕置きが必要だ」

そう言った一路の声はひどく冷えたものだった。


冷えた大きな手が、紅太のシャツの中へとするりと入ってくる。上半身が全て見えるほどシャツをたくし上げられ、腰や背中、わき腹へ一路がゆっくりと触れていく。

胸元の尖りを見つければ、僅かに力を入れてそれを捻った。

「やっ……」

痛みよりも、痺れのようなものを感じた。力が抜けたのがわかったのだろう、無表情のまま一路が、舌先を胸元へとうつす。

片方を舌で嬲り、もう片方は指の腹で転がされる。両の乳首を同時に攻められ、ぷくりと起ち上がっていくのがわかる。

硬くなっているのは、触っている一路も気付いているかと思うと、ひどく恥ずかしかった。ダメだ、嫌だと思っているはずなのに、身体はいうことを聞いてくれない。

そうしている間にも、片手でジッパーを下げられ、一路の手が忍び込んでくる。性器をやんわりと掴まれ、ようやく我に返る。まずい、流されてはいけない。そう思った紅太は、力の限り起き上がり、声を荒げた。

「……嫌だっ！」

一路には篠宮という恋人がいるのだ。才色兼備を絵に描いたような気立ての良い女性は、紅太に対してもいつも親切にしてくれる。鑑識官としても尊敬しているし、そんな篠宮を裏切るような真似をこれ以上したくなかった。

仕置きだとは言われたが、恋人がいるのに、どうして一路は自分にこんなことをするのか。

しかも、一路に対して特別な気持ちを抱いていない頃ならともかく、今の自分は明らかに一路のことを意識している。

優しくされれば嬉しくなるし、褒められると気持ちが高揚する。篠宮と楽しそうに話しているのを見ると、胸がじくりと痛む。

男性に抱かれるなんて、今まで考えたこともなかったし、今でもそれは同じだが、相手が一路であれば別だ、とさえ思う。

けれど、恋心を自覚したところで、紅太の想いが通じることはない。

たとえ相手が自分のことを何とも思っていなかったとしても、恋した相手に抱かれるなら本望だという考えもあるだろう。けれど、紅太はそんな風には思えなかった。好きだからこそ、気持ちが伴わないのに身体を重ねたくはないし、気まぐれに手を出されるのは我慢がならなかった。それが、紅太のなけなしのプライドだった。

「……やっぱりこんなこと、間違ってます」

一路を真っすぐに見据え、紅太がハッキリと拒絶の意を示す。それに対し、一路はほんの一瞬、驚いたような顔をしたが、すぐにその切れ長の目が細められた。

「仕置きだと言っただろう？」

「え？」

低い声は冷たく、怒気が含まれていた。驚く紅太が言葉を発する前に、再び身体をシートへと押し倒された。

「やめ」

「抵抗するなら、してみろ」

一路が、耳元で囁いた。

「出来るものならな」

強引に唇を塞がれ、一路の舌が紅太の口腔内を蹂躙していく。一路の体を押し戻そうと力を入れたものの、いつも以上に力が全く入らない。一路の手が、再び紅太の服の中へするりと入っていく。抵抗は、全く通用しなかった。

身動きが取れないほど狭くはないが、かといって車内はそれほど広くはない。当たり前だ、本来ここは行為を行うための場所ではない。

服の上から、下腹部を触られる。

先ほどのキスと愛撫で、既に起ち上がりかけているそこを、やんわりと触られる。

「反応してるな」

あまりの恥ずかしさに一路の下で身体を動かそうとしたが、やはり力が全く入らない。スラックスの中に手を入れられ、脱がされていく。

「やめてください……」

もう何度言ったかわからない。小さく首を振り、呟いたものの、一路はそんな紅太の主張など初めから聞く気がないようで、身体のあちこちにキスを落としていく。冷たい視線とは裏腹に、口づけは丁寧で、優しいものだった。

既にスラックスが脱がされた足を思い切り持ち上げられ、足の付け根の部分に一路の性器が押し付けられる。そこは薄い下着の上からでもわかるくらいしっかり反応し、硬くなっていた。

こんなことをしてはいけない。残った理性を総動員させ、なんとか一路を止めなければと思う。けれど同時に、自分の身体が、一路を受け入れることに期待してしまっていることにも気付いていた。自分のあさましさに、泣きたい気持ちになる。

狭いシートの助手席で、大きく足を開かされる。既に着ていた服はその役割をしておらず、かろうじて下着が足首にからまっているくらいだ。

シャツははだけているものの、一応は服を着ている一路とは随分違った。とはいえ、もはやそんなことにかまう余裕は紅太にはない。

蜜を垂らしている先端を、一路の大きな手が包み込み、上下にこする。最初、一路はそれを口に銜えようとしたのだが、一際激しく紅太が抵抗したため、行われなかった。

何度も刺激を与えられている敏感な部分は、既に限界だった。

「……へ？　……ひゃっ……！」

そんな状況で、さらに秘穴のまわりを一路の指になぞられる。耐えられず、高い声が口から洩れた。見れば、一路はクリームのようなものを手に持っていた。

「なに……」

「力を抜いてろ」

「はっ……あっ……！」

言いながら、つぷりと一路の指が紅太の中へと入ってくる。

ぐにゃりと中で指を曲げられ、高い声が出る。情欲の籠《こも》った一路の声は、どこか嬉しそうだ。

「んっ……！」

「ちゃんと、俺の指を覚えてるみたいだな」

確かに、紅太の窄《すぼ》まりは一路の指が入った途端、きゅんと締まった。

「言わないで……ください……」

全て一路の言う通りであるため、ひたすら紅太としては恥ずかしかった。自分はどちらかというと性欲は薄い方だと思っていた。それなのに。

「身体の方が正直だな、別に恥ずかしがることはない」

「ひっ………！」

指の数を増やされる。圧迫感は増しているのに、紅太の窄まりは確実に悦んでいた。もっと奥を、もっと中を、深いところまで突いて欲しい。気が付けば、腰を揺らしていた。

「ふっあっ……あっ……」

狭い車内に、自分の喘ぎ声と、独特な粘着音がよく聞こえる。

既に自分の中をかきまわす一路の指は三本になっていたが、そんな刺激だけでは足りなかった。入れて欲しい、そんな風に思ってしまった自分の気持ちを慌てて振り払うが、既に理性はなくなりかけていた。

「やめ………！」

一路も自身を取り出し、軽くクリームをつけると、そのままゆっくりと腰を沈め、屹立を紅太の中へと入れていく。

潤滑油はあっても、さすがに避妊具は所持していなかったのだろう。

だけど、そんなことなどどうでもよかった。

一路のものが入ってきた瞬間、紅太の身体は確かに悦びを感じていた。

「あっ……うっ………！」

痛みはないが、指とは比べものにならない質量に身体が強張る。

なんとか全て挿入することは出来たが、圧迫感に短い呼吸を何度も繰り返す。

「だから、力を抜けと」

「大きすぎるんですよ……！」

恨みがましく言えば、何故か一路は驚いたように紅太を見て、中のものがますます質量を増した。

そのまま、足を抱え上げられ円をかくように中を抉られる。

「ひっ……だから………！」

一路の太い腕を掴み、小さく首を振る。

「ああ、お前の中だから、こんなに大きくなってるんだ」

優しく囁きながらも、一路の動きがはやくなっていく。

る。


「はっ……あっ……あっ！」

紅太の中にある良い部分を突かれ、背筋に電流が走ったかのような快感を感じる。

一路の腰が動かされるたび、シートも揺れる。

運動神経がよいからだろう、スペースのない車の中でも、一路は巧みに腰を動かしている。

限られた空間では、自然と互いの身体も密着することになる。一路の体からは、初めて出会った時と同じ、香水のにおいがした。

汗ばむ額に貼りついた髪をかきあげられ、口づけられる。

「すごい……ギュウギュウ締め付けてるぞ、お前の中」

最奥まで突かれ、快感にうち震える。

「あ……！　もう……！」

あれから一路はほとんど触れていないはずなのに、紅太の性器は、はしたなくも蜜を零してしまっている。

もう、我慢が出来なかった。このままでは、シートを汚してしまう。

「だから、そんな顔をするな」

「ひっ……！　ああ……！」

しまった、達してしまった。そう思った瞬間、ふわりとした感触が紅太自身を包み込ん

だ。

見ると、どうやらハンドタオルのようだ。一路が自分のものを取り出す。白濁に汚れる自身の腹を、ぼんやりと紅太は見つめる。嫌悪感は、全く感じなかった。

倦怠感に、紅太は肩で息をする。

収まることのない快感に、身体は熱くてたまらなかったが、身体とは裏腹に、心の方はどんどん冷めていく。

「大丈夫か？」

紅太の身体を軽く清めると、気遣うように一路の手が伸びてきた。けれど紅太は、それを振り払う。

そして勢いよく起き上がると、自身の手で一路の頬を打とうと思い切り腕を伸ばす。予想はしていたが、頬に手が届くことはなく、軽々と手首を掴まれた。どこかでホッとしつつも、力では全く敵わないことが悔しくてたまらない。

「おい、いい加減に」

「俺、嫌だって言いましたよね」

紅太が重ねるようにそう言えば、少しだけ一路の目が泳いだ。

後ろめたい気持ちを隠すような、そんな一路の仕草に腹が立つと同時に、悲しくなる。

一路にとっての自分が、そしてこの行為がいかに軽いものなのか、痛いほどに感じてしまったからだ。

「なんで……どうして俺の話を、聞いてくれなかったんですか？」

軽率な行動で、一路に心配をかけた自分にも非がある事はわかっている。けれど、だからといってこんな形で咎める必要はないはずだ。

紅太の問いかけに、一路は口を閉ざしたままだ。逸らされた視線は、答えるまでもないと言われているようで、心臓が凍り付くような気持ちになる。

「もう、いいです。貴方には、もうついていけません。……今回の捜査が終わったら、異動の希望を出します」

こんな風に、強引に抱かれたくなんてなかった。自分の意思を全く尊重してくれなかった一路に、怒りを感じる。だけど一番腹が立つのは、篠宮の存在を知っていながら、一路を拒むことが出来ず、受け入れてしまった自分自身だ。

紅太の言葉に、一路は一瞬驚いたような顔をした。けれど、すぐにいつもの涼し気な表情へと戻った。

「勝手にしろ。俺だってこれ以上お前の面倒を見るのは御免だ」

そう言った一路の顔は、少しだけ傷ついているように見えた。

自分で言っておきながら、紅太の方も胸が抉られたような気分だった。

翌朝、目が覚めた紅太の目に飛び込んで来たのは、見慣れない天井だった。古い建物なのだろう。濃い茶色の木目はおそらく本物の木で、日本家屋の温かさが感じられた。幼い頃、少しだけ暮らしていた東北の祖母の家を思い出した。

昨日のことを、ぼんやりと思い返す。あの後の記憶が一切ないことを考えると、別荘へ向かう途中に車内で寝てしまったのだろう。運んでくれたのは一路で、身体の方も清められているようだ。礼を言うべきだとは思いつつも、そんな気分にはなれそうもない。

ゆっくりと首を動かせば、既に起きていたらしい一路が隣でタブレットを操作していた。純和風の部屋で、浴衣を着たまま手に持っているのは電子機器、というのはなかなか不思議な光景だ。

「起きたか？」

あんなことがあった後だというのに、一路の様子は普段と変わらない。だけど、そんなのいつものことだ。一路に感情をかき乱されているのはいつだって自分だけだ。

「……調べ物ですか？」

「事件に進展はあったか、カンナに連絡していた」

また、篠宮か。自身の唇が、微かに震える。

「……昨日の、聞き取り捜査の内容ですが」

用件を伝えるために一方的に話し始める。本音を言えば、会話など出来る心境ではなかったが、捜査中なのだから、私情を挟むわけにもいかない。それは一路も同じ気持ちのようで、無言で頷いた。

自分が思った以上にマーティンは基地の人間から信頼されていないこと。杉原が、米兵たちによってマーティンの「ペット」呼ばわりされていたこと。杉原の死後、マーティンが現場近くで血眼になって何か、おそらくUSBを探していたこと。さらに、数日前、マーティンと口論し、声を荒げるカール・フィリップの姿を見た者がいたという話を伝えた。

「……やはり、フィリップか」

ぽつりと、一路が呟いた。杉原の自殺と、マーティンの殺害。一見、何の関係もないように感じられる二つの事象だが、一路の中では既に繋がっていたようだ。

「確かに、有益な情報だな」

小さく、一路が零した。昨日のことは、もしかしたら一路なりに罪悪感を覚えているのかもしれない。けれど、取り繕うように言われたところで嬉しさなど感じない。

「とりあえず、首都圏中の街頭カメラからフィリップらしき人間を洗ってくれないかカナには頼んでみる。まあ、難しいだろうがな」

一路の口から出た篠宮の名に、痛みが胸にはしる。けれど、すぐに事件に集中せねばと気持ちを切り替える。

基地内での目撃者が少なかったことからも、フィリップが人目につかぬよう行動していることは十分予想がついた。街頭カメラをチェックしたところで、どこまで情報が得られるかはわからない。

「……隣に朝食を用意させてある。食べたらすぐに出るぞ」

それだけ言うと、一路はタブレットをスリープモードにし、布団を出て立ち上がった。

振り返ることなく進んでいく一路に、一抹の寂しさを感じながら、紅太も同様に布団から出た。

別荘を出る頃には、篠宮からフィリップらしき男性が映ったいくつものデータが送られてきたが、やはり重要な情報は少なかった。それだけフィリップが自身の姿をカメラに映さぬよう、慎重に行動しているということだろう。

最後に残されていた有力な記録も、横須賀市内の比較的大きな公園で昨日映されたものだった。

「横須賀市内からは出ていないと考えてもいいんですかね」

篠宮から送られてきた、タブレットのデータを見ながら紅太が聞く。

「いや、大きな駅だといくらでも防犯カメラから逃れる方法はあるから、そうとも言えないだろう」

横須賀市内のマップと見比べてみるが、やはり、カメラに映っているのは全て横須賀市内の映像だ。

「だけど、横須賀市内でさえかなりの広さなのに、捜査範囲を横浜や東京にまで広げてしまうと、収拾がつきませんよ？」

「それはそうだ。……闇雲に探し回っても、見つからないだろうな」

「はい。それに、都内にはあちこちに捜査員が散らばっているはずです。フィリップ少将も、わざわざそちらには行かないんじゃないでしょうか」

警視庁が大規模捜査を行っていることは、おそらくフィリップもメディアの報道で知っているはずだ。

「そう考えると……ますます妙だな」

「え？」

「昨日の報道を見れば、日本国内に留まる方が捕まるリスクが高いことくらいはわかるはずだ。金盛が捕まるのは時間の問題だが、状況証拠があるとはいえ、犯行を立証するのは難しいだろう」

「確かに……逃げるならさっさと国外退去してしまうのが一番ですよね」

日米間には犯罪人引き渡し条約もあるとはいえ、現時点ですら容疑者としてリストアップされていないのだ。

証拠もなく、帰国したフィリップに取り調べを行うことなどほぼほぼ不可能だろう。

「逃げるつもりはないということか……」

「それとも何か、他に目的が……」

互いに、考え込んでしまったからだろう。タブレットから顔を上げれば、ちょうど一路と目が合った。至近距離で見つめ合ってしまい、気まずさから、そっと目を逸らす。

「……とにかく、フィリップが行った場所を回っていくぞ。聞き込みをすれば、目撃した人間もいるかもしれない」

決まりの悪さを感じているのは、一路も同じなのだろう。それを振り払うかのように早口でそう言った。

「はい」

タブレットのデータを、紅太がナビへと入力したのを確認し、一路は思い切りアクセルを踏み込んだ。


フィリップの目撃証言は、思った以上に取れなかった。横須賀は外国人が多い土地柄なので、自然と風景に溶け込んでしまっていたのもあるだろう。

ただ、想像以上に横須賀の街でフィリップの存在は認知されていることがわかった。

「ああ、知ってる！　ベースの前の司令官さんでしょ？　男前よね～」

「私、彼を見るためにわざわざ基地祭に行ったもの」

スマホの写真を見せた中年女性二人が、楽しそうにフィリップの話をする。まるで、好きなアイドルや俳優の話をするような、そんな調子だ。そんなことが何件か続き、紅太は隣にいる一路の機嫌がどんどん下降していくのを感じていた。

そして、聞き込みをすること数時間。小型犬を連れた上品な婦人と別れた後、一路の怒りが頂点に達した。

「なんであれだけ有名なのに、目撃証言が全くと言っていいほどないんだ！」

今にも車のドアを蹴り飛ばしそうな一路を横目で見た紅太は、小さくため息を吐く。

「制服を着ていないっていうのも、大きいんだと思いますよ。私服だと印象も変わりますから」

「確かに、制服は印象に残りやすいけどな……」

うんざりとした顔で一路がため息をついた。何か言おうかと一瞬思ったが、うまく言葉を返すことが出来ない。

思った以上に二人の間の空気はギクシャクしていた。一路も、いつもの辛口は鳴りを潜め、紅太に気を遣っている。はっきりいって、やり辛い。

捜査に私情を挟むなんてもっての外だ。かといって、それを口に出してますます気まずくなったら元も子もない。それより、今はフィリップの行方を追う方が先決だろう。

車に乗り込み、タブレットを確認しながら次の目的地へと向かう。地道な作業だが、自分の足で動かなければ情報を得ることは出来ない。

そうこうしている間に正午になり、海の見えるレストランで食事を取った。

三浦半島は、風光明媚《ふうこうめいび》なことで有名だ。

今日はとても良い天気で、海の向こうには猿島と呼ばれる小さな島も見えた。たゆたう水面も、光を反射している。

けれど、当たり前ではあるがそれを楽しむ余裕などなかった。

ちらりと一路を見れば、ちょうど紅太の方を見ていたようで、視線が合った。

「……なんですか？」

「いや……体の方は、大丈夫か？」

「平気です」

「そうか」

どこか、ホッとしたような表情を一路が見せる。心配してくれているのはわかるし、そんな些細なことでも嬉しさを感じたのも事実だ。だけど、こういった優しさはかえって残酷だった。

ほとんど会話を交わさないまま食事を終え、レストランから出れば、きれいな砂浜が目に留まった。思わず立ち止まれば、一路も合わせるように足を止めてくれた。

海岸では、たくさんの人がそれぞれに休日を楽しんでいる。家族連れや恋人同士、友達同士。そのどれにも当てはまらない自分たちは、どう見えているのだろうか。ふと、そんな風に思いながら砂浜を見つめれば、大型犬を連れた白人の女性が目に入った。

名犬として有名な、ふさふさとした毛並みの美しい、ラフコリーだ。女性は動きやすいラフな格好をしていて、この近所に住んでいることがわかる。

「一路さん……」

「なんだ？」

「フィリップ少将の目撃証言が少ない理由って、日本人には外国人の顔が見分け辛いという点もあると思いませんか？」

一路も、紅太が見つめている方向へと視線を向ける。

「可能性は、あるな」

「同じ白人の女性なら、見分け、つきますよね？」

紅太と一路はほぼ同時に、女性の方へ向かって速足で歩きだした。

「勿論知ってるわよ。歴代の司令官の中でも、ハンサムでスマートな彼は人気者だったし」

紅太と一路が話しかければ、アメリカ人だという女性は笑顔で答えた。基地関係者というわけではなく、高校で英語教師をしているのだそうだ。

「最近、この付近で彼を見かけたことはありますか？」

「それこそ、今日の朝だったかしら？　そこのベンチに座って、じっと海を見つめていたわよ。久しぶりだし、話しかけたかったのだけど、どうもそういう雰囲気じゃなくて……」

女性の言葉に、弾かれたように紅太は一路の方を向く。

「朝、何時頃でしたか？」

「正確な時間は覚えていないけど……七時過ぎくらいだったかしら？」

それ以降の時間に関しては、篠宮が街頭カメラをチェックしているはずだ。やはり、フィリップはまだ横須賀にいる可能性が高い。驚く二人に、さらに女性は言葉をつづけた。

「今日は一人だったけど、以前は日本人の男の子と二人でレストランにいるのもよく見かけたのよ。職場で通訳をしてくれてるって、紹介してもらったもの。そう、貴方と同じくらいの年頃の」

女性が、紅太の方を向いて笑いかける。紅太はその目を、大きく瞠った。

女性に礼を言うと、紅太は走るような速さで車へと戻った。

後を追いかけてきた一路は、訝しげな顔をしながらも、スマートキーで鍵を開けてくれる。ドアを開き、助手席の下のスペースに置いてあったタブレットを取り出す。

滑らかな画面をスライドし、横須賀市内の地図、そして篠宮から送られたデータを開く。

「やっぱり……」

「何が、やっぱりなんだ?」

「フィリップ少将の映像が残っている防犯カメラの所在地は、一見何の共通点もないように思えます。ヴェルニー公園、メインストリート、映画館、そして……今いる海岸沿いのレストラン」

「映像が残っていたのが、そこだけなんだと思ったが?」

「俺も、最初はそう思いました。どこも比較的有名な場所ですし、映り込んでしまったんだろうと。だけど、そうじゃないんです。ここは……全て、杉原が好きだった場所、そしておそらく二人にとっても、思い出の場所なんです」

妹への仕送りを行っていた杉原の、数少ない娯楽の一つが映画館通いだった。紅太も、何度か誘われて付き合ったことがあった。

ヴェルニー公園も、アメリカンレストランも、おそらく杉原が大切にしていた場所だ。

「大丈夫か?」

助手席に座ったきり、何の言葉も発しない紅太に、一路が心配気に声をかける。

途中で買ってきたのだろうペットボトルを差し出され、礼を言って一口だけ飲む。

「……向かってほしい場所があります」

次にフィリップが向かいそうな場所で、紅太の思い当たる場所が一つだけあった。

紅太の予想が当たっていれば……フィリップはおそらく、そこを最後の場所にするつもりだ。

12

三浦半島の端にあり、東京湾に面した観音崎《かんのんざき》公園は、自然豊かな県立公園だ。夏になれば海水浴やバーベキューも行うことが出来る砂浜があり、たくさんの人であふれている。

今の時期はちょうど紫陽花《あじさい》が見頃らしく、階段の両脇には紫の花々が咲き乱れていた。

「……この広さの中、人を探すのは無茶なんじゃないのか?」

かなりの長さのある階段を登っているにも拘わらず、紅太のすぐ後ろを歩く一路は息が乱れている様子は一切ない。

「登ってみたら、一路さんもわかります」

それだけ答えると、紅太は前を向き、そのまま階段を登り続ける。

「なるほど、あの時の写真の場所か」

全ての階段を登り終えた一路が、周囲を一望し、納得したように呟いた。

「はい」

杉原の部屋で見つけた、フィリップと写っている写真。最初見た時からどこか見覚えのある風景だと思っていたが、ようやく思い出した。

紅太は歩きながら周囲をゆっくりと見渡す。階段は長く急であるため、高台の方まで登る人間は少ない。実際、周りに人影は見当たらなかった。

「やっぱり、ここじゃないいんじゃないか？」

一路も紅太と同様にあたりを見渡した。

「そうですね……」

一路にそう言われ、諦めようとした時だった。高台の先、わずかに人影が見えた。海を見つめているのだろう、こちらに気付く様子は全くない。

そして、ジャケットのポケットから何かを取り出すのが見えた。

「フィリップ少将！」

精一杯声を出し、フィリップがいる方へと走り出す。声が聞こえたのだろう。フィリップはハッとして振り返り、紅太の存在に驚いたような顔をする。

近付いてみれば、フィリップの持っているのが拳銃だとわかる。慌てたように、フィリップが自身の頭へと拳銃を近づける。やはり、死ぬつもりのようだ。

「ダメです！　フィリップ少将！」

叫んで、自分よりも上背のあるフィリップへと飛びかかる。けれど、さすがアメリカ軍人と言うべきか、紅太に対して強い抵抗を見せた。馬乗りになり、思い切り手を伸ばして拳銃を奪おうとすれば、抵抗はより強くなった。

「死なせてくれ！」

悲痛な声で、フィリップが叫んだ。

「貴方が死んだら、杉原の死は自殺で処理されたままだ！」

「スギハラ……？　君は……ナギサの……？」

紅太の出した杉原の名前に、フィリップの表情がわずかに強張った。

「友人です！　お願いですから、杉原の死の真相を話してください。それが出来るのは貴方しかいないんだ！」

フィリップのブルーグレイの瞳が揺れる。

「杉原は自殺したんじゃない！　そうですよね？」

両肩を掴み、訴えるように言う。ようやくフィリップは、力なく頷き、言った。

「……そうだ」

フィリップに紅太が手を伸ばす。フィリップも特に抵抗することなく、紅太へと銃を渡した。

「お話を、聞かせていただけますね？」

丁寧に頼み、立ち上がった紅太がフィリップにも立つように促す。

フィリップも、ゆっくりと立ち上がった。

「USBの問い合わせを警視庁にしたのはあなたですね」

二人の様子を静観していた一路が尋ねれば、フィリップが静かに頷いた。昨日、紅太が米兵たちに聞き込み捜査をしている間、一路が向かったのは米軍基地だった。USBに関して警視庁に問い合わせをしたのが誰か、確かめるつもりだったのだ。

「ナギサが最後に送ってくれたメールに、防衛省からデータを盗み、USBへと移してしまったと書いてあった。だから、そのUSBさえ見つかれば、ナギサがマーティンに脅されていたという事実を立証出来ると思った」

メールの内容は紅太も一路も知らないものだった。データ復旧ツールでも、戻せなかったメールなのだろう。

フィリップは杉原のことを、自然にファーストネームで呼んだ。それだけでも、二人の関係がただの上司と部下ではなかったことがわかる。

「だが、USBはどこにも見当たらなかった」

一路の言葉に、フィリップが頷く。

「ああ、基地内もくまなく探したが、結局見つけることは出来なかった。藁《わら》にもすがる思いで、警視庁にも電話をしたよ。もっとも、全てが無駄足だったたんだがね」

「どうして、無駄足だとわかったんですか？　もしかしたら、マーティン少将が持っている可能性もあったんじゃ」

それが原因で、フィリップはマーティンと口論になったのではないかと、紅太は推測していた。だが、フィリップはそれを否定した。

「いや……マーティンに直接聞けば、散々探したが見つからなかった。おそらく、海の底だと言われたよ。実際、ナギサの渡したデータを持っていれば、すぐに軍内部にも伝わるはずだ。だけど、それを行っていないということは、奴もデータを手に入れていないということなのだろう」

口調こそ冷静ではあるが、フィリップの言葉からは強い怒りと、憎しみが感じられた。

「フィリップ少将」

フィリップが、視線を一路の方へとうつす。

「ハリー・マーティンを殺害したのは、あなたですね？」

一路の核心をつくような問いに、紅太は驚きフィリップの方を見る。

「ああ、そうだ」

フィリップは否定することもなく、強く言い切った。

「貴方と杉原渚が、恋人同士だったからですか？」

さらに畳みかけるように一路が問えば、それにもフィリップは頷いた。

「ああ……私は先日まで結婚していたし、世間では恋人と言うより愛人だと言われてしまうのかもしれない。だが、私は真剣にナギサを愛していたし、ナギサも私に一途に愛を向けてくれた」

はっきりと、まるで誇るようにそれを口にしたフィリップは、そのまま言葉をつづけた。

「初めてナギサと出会ったのは、まだナギサが士官学校を卒業したばかりの頃だった。ちょうど遠洋航海の最中で、補給のためにホノルル基地へ立ち寄ったんだ。これから世界中の海を見たいと、目を輝かせていたよ。自分も私のような艦長になりたいのだと、そう言ってくれた。……数年後に、心臓の疾患が見つかったため、残念ながら船には乗れなくなってしまったんだけどね」

フィリップの言葉に、紅太は驚く。遠洋航海は、防大を出て幹部候補生学校を卒業する際に海上自衛官が行うものだ。そんなに以前から、二人は知り合いだったのか。

「だから、私が横須賀勤務となり、渚を紹介された時には驚いたよ。船には乗れなくなったというのに、ナギサはあの頃と変わらない、真っ直ぐな目で私を見つめ、尊敬し続けていてくれた」

　当時を思い出しているのだろう。フィリップの表情が柔らかなものになる。

「私はあまり日本語が得意ではなくてね。家族もアメリカに残したままだったし、ナギサはそんな私のサポートを様々な部分でしてくれた。それこそ、ビジネスではなく、プライベートな面も。そんなナギサのことを私が愛してしまったのは……仕方がないことだった。私は、彼ほど心がきれいな人間を知らない」

　確かに、紅太の知る杉原はとても誠実な人間だった。苦労をしているにも拘わらず、それをおくびにも出さず、他人を妬むこともなく、いつも笑っているような。

「良くないと思いつつ、私とナギサは何度も逢瀬を重ねていた。ナギサにしてみれば、私は妻子のいる人間で、日本にいる間の一時的な関係だと思われていたのかもしれない。だけど、私は真剣だった。元々私はゲイでもなんでもないんだ。決して軽い気持ちで、ナギサを抱いたわけではなかった。だが……私がそこまで一人の人間に思い入れを持つことが珍しいと思ったのだろう。あの男は、私との関係をネタにして、ナギサのことを脅したんだ」

　フィリップの表情が、目に見えてゆがんだ。

「うまい言葉で、一度だけでいいとでも言ったのだろう。だが、そうやって無理やり身体の関係を持った奴は、その時の動画を撮影し、幾度となくナギサの体を辱めた。軍内部で他の人間の相手をさせたりと、男娼まがいのこともさせられていたようだ。……あの清廉なナギサが、どんな気持ちでそれをしていたかと、考えただけで辛くなる。しかも……それだけでは飽き足らず、あの男はナギサを脅し、防衛省内のデータまで持ってくるように言った。ナギサには、出来なかった。自分の映像が公開されることより、他国に機密を渡し、日本という国の立場を悪くすることを恐れたんだ」

自分は売ることが出来ても、国を売ることは出来ない。

杉原が最後に残していたメッセージの意味を、ようやく紅太は理解した。

「あの日……マーティンに呼ばれ、無理やり酒を大量に飲まされたナギサは、その帰りにUSBを渡すように言われた。だけど、ナギサにはそれが出来なかった。最後の最後で強く抵抗し、マーティンと揉み合いになった。頭を殴打され、その時点で意識を失ったんだろう。そして……自分の行ったことが全て露見するのを恐れたあの男は、そのままナギサを海へと落とした」

頭を殴打された時点では、おそらく杉原は死んでいなかった。そこまでの傷が頭に残っていれば、米軍側も隠ぺい出来ないだろう。

「どうして、そのことを……」

まるで、見てきたかのようにフィリップは詳細を知っていた。

「あの男が、全て話したよ。最初は顔を青くしていたが、開き直ったのだろう。自分が、どんな風にナギサを辱めたのかまで、詳細に奴は話した」

「……会話は、録音しなかったんですか？」

一路の問いはもっともだった。その会話の内容があれば、十分杉原を殺害した証拠になるのではないかと。

「もちろん……していたよ。けれど、この証拠を持っていっても、自国に不利になる事実を軍が公表するわけがない。マスメディアへのリークは……全てが露見し、ナギサの名誉が傷つけられることが私に出来るはずはないと、あの男は全て見通していたんだろう」

マーティンの言う通りだった。基地問題で緊張が高まる両国の関係を考えれば、軍はあてにならない。かといってマスコミにそれを話せば、それこそ興味本位にあれこれと書きたてられ、報道されることは目に見えていた。

半強制的な手段を使っているとはいえ、ようやくまとまりかけている沖縄の問題だって、すべて水の泡となるだろう。

「ナギサと私の関係は、転属が決まったことにより終わった。私の立場を考えて、ナギサが身を引いたことはわかっていた。だが、私はナギサを自分の国に連れて行きたかった。彼が好きな映画を、私の国で見たいとそう思っていた。それが出来なかったのは、私の意気地のなさだった。だが、ワシントンに戻ってから、自分にとってどれだけナギサが大切な存在であったか、ようやく気付くことが出来た。妻とは長い話し合いの末、離婚が決まった。申し訳ないとは思いつつも、その足で指輪を買いに行き、次の休暇でナギサに渡そうと計画していた。だが……ナギサはもうここにはいない。帰国をするとき、私はナギサをどうして連れて行かなかったのか、生きていてこれほど後悔したことはない」

フィリップのような地位の高い人間が、長期休暇を取るには時間がかかる。今回の来日は、本当は杉原へのプロポーズのために用意したものだったのだろう。

「許せなかった……ナギサの心と身体を辱め、さらにその命まで奪ったあの男が。だが、私の国の法律も、君たちの国の法律も、どちらもマーティンを裁くことは出来ない。だから、私自身がやつを裁いたんだ」

紅太は、すぐに言葉を発することが出来なかった。杉原とフィリップの間に何かしらの関係があったことはわかったが、これほどまでに強くフィリップが杉原を愛していたとは思いもしなかったからだ。

「ナギサが死んだと聞いた時、私はすぐにでも海に飛び込みたくなった。彼のいない世界に、生きる意味などないと。だが、それをしなくてよかった。あの男を殺すことが出来たのだから。でもだからこそ、私にはもうやり残したことは何もない」

「お気持ちは……わかります。ですが、貴方が何も言わずにここで亡くなってしまったら、杉原の死はただの自殺のままで終わってしまう。日本警察は、出来るだけのことをします。マーティンを裁くことだって出来るかもしれません。どうか自首して、すべてを話してくれませんか？」

フィリップの瞳が、わずかに揺れた。けれど口を閉ざしたまま、頷こうとはしなかった。

「フィリップ少将、オペラはお好きですか？」

そこに、今まで黙って話を聞いていた一路が、二人の話に割り込んできた。

「あ、ああ。ヨーロッパで仕事がある時には、スカラ座に足を運んでいるよ」

「それでは、説明するまでもないですね。杉原は貴方が帰国した後、それまでのアパートを引っ越し、港に近いマンションを借りました。堅実な杉原にしては珍しく、決して安くはない高層マンションでした。そのマンションの窓からは、港が一望でき、帰港して来る船や軍艦がいくつも見えました。そして、そんな杉原の部屋には、蝶々夫人のCDがありました」

フィリップの表情が、目に見えて変わった。プッチーニが作曲した蝶々夫人は、明治の初め、日本人女性と、そして米海軍将校との悲恋を描いたオペラだ。

毎日オペラを聞かされていることもあり、紅太も内容を調べたことがあった。一途に海軍将校を想う蝶々に対し、相手の将校は本国に妻子もおり、蝶々との関係はあくまで一時的なものだと考えていた。

有名なアリア「ある晴れた日に」は、そんな将校を待ちわびる蝶々の心情を歌ったものだ。

「おそらく杉原は、妻子ある異国の軍人と恋に落ち、誇り高く生きた蝶々夫人の生き方に、自らを重ねていたのでしょう。杉原は貴方が帰ってくるのを待つつもりだった。だから、貴方の船が見えるあのマンションに住んでいた」

相手がたとえ自分を顧みることがなくとも、一途に想い続けた蝶々夫人。杉原の気持ちが、ようやくわかったのだろう。フィリップは泣き崩れ、何度も首を振った。

すまない、ナギサ。嗚咽に交じり、そんな言葉が聞こえてきた。

「米海軍第七艦隊所属、カール・フィリップ少将ですね」

おそらく、あらかじめ一路が呼んでいたのだろう。

冷静な、それでもどこか気遣うような尾辻の声に、フィリップと紅太は振り返る。後ろには、水嶋の姿も見えた。

「手錠は、必要ありませんね」

尾辻の英語は尾辻らしく、どこか硬質なものだった。フィリップは頷き、ゆっくりと立ち上がった。

そのまま、尾辻と水嶋に挟まれ、ゆっくりと歩き始める。去り際に、フィリップが一路と紅太に対し、小さく礼を言った。杉原が教えたのだろう。たどたどしい「アリガトウ」の言葉は、紅太の耳にもしっかり聞こえた。

尾辻は、苦虫を噛み潰したような表情で一路を見ていたが、特に何も言わなかった。

「フィリップ少将！」

フィリップに、紅太が声をかければ、少し離れた場所から、ゆっくりと振り返った。

紅太は真っすぐに姿勢を正し、フィリップに対して敬礼をした。

フィリップが、少し驚いたような顔をしながら、その場で立ち止まった。

軍隊内において、敬礼は下の階級の者からする。フィリップにどんな刑罰が下るかはわからないが、軍を除隊させられることは明らかだ。おそらく、これはフィリップが受ける最後の敬礼になるだろう。

「あの……」

「いや、いい」

戸惑い、声をかけた水嶋を、尾辻が窘《たしな》める。フィリップが、紅太に向かい、きれいに返礼した。

さすが海軍将校というだけのことはある、とても威厳《いげん》のある、立派な返礼だった。

紅太はフィリップの姿が見えなくなるまで、敬礼を続けた。

気が付けば、紅太の目からは、ハラハラと涙が零れ落ちていた。

最初は、杉原が自殺したということがどうしても信じられず、その真相を知るために始めた捜査だった。

杉原の死は、自殺ではなかった。けれど、紅太が知った真実は、あまりにも辛いものだった。

一路は何も言わず、流れていく涙を隠すように、やさしく紅太の目を掌で覆った。

エンジンキーを押せば、静かな振動音と共に、カーナビが立ち上がる。あらかじめ設定されてあるのか、テレビ番組に画面が切り替わった。

速報、米軍基地司令官殺人事件、真犯人、逮捕。相手は同じ海軍将校、というテロップが大きく表示されているのを見て、紅太は無言で画面を切り替えた。

特に渋滞につかまることもなく、車は順調に横浜市内へと入っていた。既に日は暮れ、鏡のように車内を映し出す窓に、運転しながらも、ちらちらとこちらに視線を向けている一路の様子が映る。

元々口数は多い方ではないが、先ほどから全くといっていいほど口を開かない紅太を気にかけているのだろう。

「フィリップ少将の供述は、公になるでしょうか」

ぽつりと紅太がつぶやいた言葉は、しっかり一路の耳には届いていた。

「難しいだろうな。一課は粘るだろうが、上層部にしてみれば頭の痛い話だろう。おそらく日米地位協定によって、この件はあちら側の法律で処理されるはずだ」

日米地位協定は、日米安全保障条約に基づき在日米軍の権限を定めているもので、米兵の犯罪に関しては基地外であった場合は日本側が裁判権を持つ、ということになっている。けれど今回の場合、犯行が起きた場所が日本国内であるとはいえ、殺害されたのも殺害したのも同じ米軍人だ。

これが被害にあったのが日本人であれば野党も動く可能性があるが、米軍人同士の殺人事件はセンセーショナルな話題ではあるものの、世論に対するインパクトは少ない。

国会で話題に出す議員がいたとしても、やはり基地があるから犯罪が起こるのだと、いつもの杓子定規《しゃくしじょうぎ》な議論に当てはめられて終わってしまう可能性は十分にあった。

「……納得出来ません」

紅太の出した声は、自分でも驚くくらい苦々しいものだった。

「何がだ？」

「確かに、フィリップ少将はマーティンを殺害するという、重い罪を犯しました。ですが、裁かれるのはフィリップ少将だけで、杉原を殺したマーティンが裁かれないなんて、納得できないです。あいつは、杉原は自殺したわけじゃない、殺されたのに……」

フィリップが言っていたように、日本と米国、どちらの法律もマーティンを裁くことはないだろう。

恐喝や殺人、マーティンはいくつもの罪を犯したが、それを立証するのは困難で、司法もやりたがるとは思わなかった。

「何のための、法律なのか……法は人を守るためにあるんじゃないんですか」

「理想論だな」

「え……？」

「法律、今回の場合は刑法だが、刑法は窃盗や殺人といった罪を犯した者を裁くためにあるものだ。自分たちの安全、ひいては安全な理想社会を作るため。だから、犯罪を犯し、社会の安全を脅かすものを排除し、隔離する。法が守っているのは、人ではなく社会だ」

「最大多数の最大幸福、ということですか」

「そうだ。マーティンが杉原に何を行ったのか。それを白日の下に晒したところで、日米間にある信頼関係を揺るがす上、基地問題がますます泥沼化するのは目に見えている。それならば、何も知らせない方がいい……そう、判断されるだろうな。結局、法律というのは、一部の人間にとって都合のいいようにしか出来ていないんだ」

「では……フィリップ少将は、ああするしかなかったということですか？」

「いや。どんな理由があろうと、殺人は殺人だ。自分の愛する者の命を奪われたからと言って、奪った人間の命を奪う権利は誰にもない。江戸の昔じゃないんだ。個人による私刑を認めてしまえば、法治国家は成り立たない。だから、フィリップは裁かれなければならない」

　これまでの経緯を全て知っているにも拘わらず、一路は淡々とそう言った。理論的には理解出来ているものの、感情の面が追い付かない。

紅太からすれば、どこか冷たく感じてしまう。

「客観的ですね、一路さんの見解は」

感情を抑えられず、涙を流してしまった紅太にしてみれば、少しばかり決まりが悪い。

「殺人事件の多くは、金や権力、嫉妬、怨恨が原因で起こるものだからな。俺は金にも権力にも執着がなければ、誰かを羨ましいと思ったことも、殺したいほど憎んだこともない。あるのは事件内容への興味だけで、容疑者の心情を気にしたことは一度もなかった」

「確かに一路さんなら、一時的な感情や衝動で誰かを殺すことなんてないでしょうね」

「いや……そうでもない」

「え？」

否定した一路の言葉が意外で、思わず視線を運転席へ向ける。

「これまでは、たとえ自分の愛する者が殺されたとしても、殺した相手に復讐しようとする気持ちはわからなかった。殺したところで、死んだ人間は戻ってこないのに、なぜそんな無駄なことをとすら思ってたくらいだ。……ただ、今はその気持ちもわかる。理論じゃなく、ただ自分が愛する者を奪った相手が許せないんだってな」

一路の表情は、珍しく感傷的で、言った言葉が紛れもない本音だということがわかる。奪われれば、その相手を殺したくなるほどの相手。それはやはり、篠宮のことだろうか。

これまで、これといって篠宮について口にしてこなかった一路だが、改めて気持ちを口にされるとやはり気分は重たくなった。

二度も俺と関係を持っておいて……と恨み言すら言いたくなったが、そもそも一路にとってセックスはそんなに重要なものでもないはずだ。

理由があったとはいえ、それがわかっていながら一路に抱かれたのは自分だ。

「へえ……。一路さんが、そこまで想う相手って、素敵な人なんでしょうね」

気持ちが沈んでいるのが悟られぬよう、紅太は平静を装った。

「ああ……最初から、外見は気に入っていたが、それ以外は気に入らないくらいだったんだけどな。今は、性格も含めて一つ一つの反応がかわいくてたまらない」

小さく笑って一路が言う。どうやら、惚気られてしまったようだ。

悪かったな、どうせ俺は外見だけしか気に入られていないよ。内心、そんな風に悪態をつきつつ紅太は再び窓の外へと視線を向けた。

忘れよう。異動願いがすぐに聞き入れられるかはわからないが、尾辻に頼めば何とかしてもらえるかもしれない。一路と離れれば、これ以上自分の気持ちもかき乱されることはないはずだ。

拗ねたような紅太の表情を、一路がどこか物憂げな視線で見つめていたことに、紅太は気付かなかった。

翌々日。休暇が明けた紅太が出勤すれば、相変わらず警視庁内は慌ただしいままだった。昨日の捜査一課長の記者会見、犯行の動機、犯人確保に至った経緯。

マスコミには全容が明かされていないようで、多分に憶測が含まれている報道ばかりだったが、しばらくの間は世間も騒ぐだろう。けれど、それも次の話題が見つかれば忘れさられていく。

そんなことを思いながら、管理係へ向かえば、途中で紅太は刑事課の人間に声をかけられ、先に刑事部長の下へ顔を出すことになった。

「いや〜坂崎君。一昨日は大活躍だったみたいで、さすがだねえ」

「は、はあ……」

室内には、満面の笑みを浮かべた刑事部長の姿があった。てっきり一昨日の件で叱責されるか、または嫌味でも言われるのかと思っていたため、意外だった。

「まさか容疑者も軍関係者だとは思わなかったから、そこには驚いたんだが、坂崎君のお蔭で一課は無事容疑者確保を行うことができたよ」

「え？　いえ……」

正確に言えば、紅太ではなく紅太と一路だろう。全ての真実を知ることが出来たのも、一路が紅太の捜査に根気よく付き合ってくれたからだ。

「私は前から思っていたんだよ、管理係に君はもったいないって」

「は、はい……」

「尾辻からも聞いているし、君に希望があればいつでも異動の相談にのるからね？」

今回はうまくいったが、おそらくこのまま紅太を管理係に所属させておくと、ろくなことにならないと思ったのだろう。愛想笑いを浮かべる刑事部長の話を、困惑したまま紅太は聞き続けた。


思った以上に、刑事部長の話が長く、なんだかどっと疲れが出てしまった。エレベーターホールまで来ると、ちょうどライトが点灯し、ポンという弦をはじくような音と共にエレベーターが開く。

「あ……」

「坂崎、か」

エレベーターから出てきたのは、先ほど刑事部長から名前を聞いたばかりの尾辻だった。

珍しく一人のようで、後ろに水嶋の姿はない。

「どうも」

小さく頭を下げ、入れ替わりにエレベーターへと乗り込もうとすれば、腕を掴まれ、それを阻まれた。

「少し、時間取れるか？」

「え？　あ、はい」

そう言うと尾辻は、再びエレベーターへと入り、紅太にも乗るように促す。尾辻が押したのは、最上階のボタンだった。


遠くに、入道雲が見える。コバルトブルー色の空は、夏の到来を教えてくれる。そういえば、例年に比べて多かった雨も、ここ数日は降っていなかった。梅雨明けはまだ宣言されていないが、時間の問題だろう。

今日は風があるためそこまで気にならないが、スーツのジャケットもそろそろいらなくなるだろう。

「屋上って、出られたんですね」

尾辻に連れて来られたのは、警視庁の屋上、ヘリポートとは反対側だった。ドラマで見るようなベンチ等はないが、立ち話をするくらいの広さはある。

「基本的には出られないが、あまり人の多いところでする話じゃないからな」

尾辻は高い柵に軽く寄りかかり、指先には煙草が挟まれている。ダークスーツが長身によく映え、短く切られた髪とも相まって、いかにも刑事といった容貌だ。

ゆらゆらと上っていく紫煙を見つめていれば、尾辻の視線がこちらを向いた。

「悪い、苦手だったか？」

「いいえ、大丈夫です。結構、吸う方ですか？」

「毎日吸うほどじゃないけどな。時々、吸わなきゃやっていられない時もある」

尾辻の言葉が、今回の事件のことを指し示していることはなんとなくわかった。

「この話はここだけに留めておいて欲しいんだが。おそらく、不起訴になるだろうな」

誰が、というのは言われずともわかった。

「どうして……フィリップ少将は殺害を供述したんですよね？」

「検察からストップがかかった。まあ、検察というよりもっと上の判断だな。フィリップは罪は認めたものの、それ以外に関してはだんまりだ。どうして、何が理由でマーティンを殺したのか。それに関しては何も喋らない。だいたい、状況証拠だって曖昧で、それでなくたって、米軍、さらには現政権にまで喧嘩を売ることになるんだ。一応現在も審議中ってことになってるが、このまま、有耶無耶になる可能性の方が高いだろうな」

「じゃあフィリップ少将は」

「日米地位協定に基づいて、近日中に身柄は米国側に引き渡されるだろう。米国人同士の間で起こった事件とはいえ、二人は在日米海軍のトップと元トップだ。米国側も強くは出られないだろう。諸々の日米交渉が有利に働く……というのが政府筋の人間の話だ。そんなに上手くいくとは思えないけどな」

「どうしてそれを……」

尾辻は優秀な捜査員とはいえ、あくまで一課の班長という立場のはずだ。今の情報は、明らかに一捜査員の知りえる内容ではなかった。

「一応、父が代議士の端くれだからな。まあ、同じ戸籍に入ったこともない、遺伝子上の父だが」

「……すみません」

どうやら、聞いてはいけない内容だったようだ。初めて知ったが、尾辻の家庭環境はなかなか複雑らしい。すぐに謝れば、軽く肩をすくめられた。

「別に、よくある話だ」

本当に気にしていないのだろう、その表情に不快感は見られなかった。

「首都圏中の警察官を休日返上で走らせてこの様《ざま》だ。好きでやってる仕事だが、時々無性にやるせなくなるな」

フィリップは、おそらく自らが裁かれることを望んでいたはずだ。どんな理由があろうと、フィリップは殺人犯だ。けれど、それがわかってはいるものの、紅太はフィリップが不起訴となったことにどこかで安堵してしまった。マーティンのしたことを思えば、殺されても仕方がない。殺人を肯定するのは許されないことだとわかってはいるが、そんな思いが紅太の中にもあるからだ。もし、自分がフィリップの立場だったなら、同じことをしていたかもしれない。

フィリップと杉原の関係、そしてマーティンが杉原に行ったことをすべて話せば、情状《じょうじょう》酌量《しゃくりょう》にはなるだろう。けれど、それを行えば杉原は世間の注目を集めることになり、興味本位や勝手な憶測が広がる可能性は十分にある。

死してなお、その辱めを杉原が受けることが、フィリップには耐えられないはずだ。だから、たとえ厳罰を受けることになっても、すべてを自分の胸の内に仕舞うことにしたのだろう。紅太自身、杉原が自殺したということが信じられず、その死の真相を解明したいと思っていた。けれどそれにより、杉原の名誉が傷つけられるくらいなら、そのまま何もしない方がいいだろう。

「フィリップが、お前に礼を言っていたぞ」

「え?」

「あそこで自ら命を絶っていたら、自分は真実を何も知らないままだったと。……まあ、正直俺には何のことを言っているのかよくわからなかったんだが、それだけ伝えてもらえないかと頼まれた」

「そうですか……フィリップ少将がそんなことを。ありがとうございます」

一緒に写真に写っていた杉原と、そしてフィリップの顔を思い出す。寝室など、滅多に誰も入ってこないプライベートな場所なのだ。そのまま飾ることが出来たのに、あえて写真立の奥へと隠していた。

杉原にとってフィリップは、それだけ特別な存在で、その関係は二人だけの思い出として、大切にしておきたかったのだろう。

「初めての事件らしい事件がこれなんて、お前も災難だったな」

「いえ……」

労いの言葉に、小さく首を振る。

「ところで、刑事部長の方にも少し話しておいたんだが。お前、捜一に来る気はないか？」

「え……？」

「日頃のお前の仕事ぶりはうちの連中も評価してるんだ。今回の事件捜査に関しても、外見からは想像出来ない粘りを見せたようだし」

外見から、の部分は聞こえなかったことにした。一体、どんな風に思われていたんだ。

「ですが……」

「別に、すぐに結論を出せとは言わない。先に言っておくが、お前を推した件は一路とは一切関係がないからな。お前は管理係にはもったいない。少し、考えて」

そこで、尾辻の言葉が特徴的な振動音とともに途切れる。

「……水嶋」

携帯電話のディスプレイに表示された名前を見た尾辻が、思い切り顔をしかめた。

「とりあえず、今度一緒にメシでも食べながらまた話そう。悪いが、俺は先に戻ってる。……おい、しつこいぞ」

早口で紅太にそれだけ言うと、尾辻は踵を返し、ようやく携帯に出たようだ。微かに、水嶋の泣き言のような言葉が聞こえてくる。

尾辻の姿を見送ると、紅太はもう一度遠くの空を眺めた。


予定していたより、随分時間が遅くなってしまった。

管理係のフロアへと戻り、いつものごとくドアを開けた紅太は、ギョッとした。中から、大音量のオペラが聞こえてきたからだ。

既視感を覚えながら、速足で歩き、蓄音機の音を止める。もしかして、自分がいない間ずっと聴き続けていたのだろうか。

「オペラは二曲までだって、約束しませんでしたっけ？」

デスクに座り、読書をしていた一路はちらと視線を向けた。

「お前が止めないのが悪い」

いや、そんなことを言われても。なかなか理不尽な一路の言い分に、嘆息《たんそく》する。

刑事部長の下へ行っていたことは伝えてもらっているはずだが、今日の一路は機嫌があまりよくないようだ。機嫌が悪い、というよりは、拗ねているようにも見える。

長い足を組んで座っていた一路だが、何かに気付いたのか、きれいな形の眉を片方上げ、無言で立ち上がった。

「な、なんですか……」

二重瞼の切れ長の目が、ゆっくりと近づいてくる。

まるで、キスでもするかのような至近距離まで詰め寄られ、慌てて視線を逸らした。

「……尾辻だな」

そう言って、その端整な顔を思い切り顰めた。

「え？　なんで」

「あいつの煙草は日本では珍しい種類のやつだからな。……それで、においがつくほどの距離で、そんなに長い間なんの話をしていたんだ？」

「それは……」

一瞬、逡巡する。尾辻からはここだけに留めて欲しいと言われたが、これまでの経緯を考えれば、一路には話した方がいいだろう。どこから話せばいいか考えていると、一路が脱いでいたジャケットを手に取る。

「まあいい、そろそろ昼だ。どこかへ食べに行くか？」

これまた珍しく、一路から出たのは昼食の誘いだった。

これまで、どこに食べに行くのかは聞かれたことがあったが、一緒に食べに行こうと言われたことは一度もなかった。

なお、正確に言えば、正午までまだ少し時間があったが、それも一路にとっては些細なことなのだろう。

「あ、その前に」

「なんだ？」

これは、話しておくべきだろうと紅太は小さく深呼吸する。

「尾辻さんから、一課に異動しないかと言われました。刑事部長にも話はしているそうです」

一路の眉間に、思い切り皺が寄った。そして、そのまま押し黙った。

「あの……？」

てっきり、好きにするといいとか、さっさと出て行けとか、そういった類《たぐい》の言葉が返ってくると思っていた紅太は戸惑う。

「……承諾したのか？」

気持ちを押し殺したような、静かな声だった。

つい先ほど聞かされたばかりなのだ。承諾など、勿論していない。ただ、あれだけ啖呵を切ったこともあり、正直にそれを言うのは決まりが悪かった。実際、紅太の中に迷いが生じているのも確かだった。

異動願いを出す、感情的に口をついて出てしまった言葉だが、時間が経つほど紅太の胸には後悔の念が渦巻いていった。自分に非があるとはいえ、あの場で無理やり行為に及ばれた事への怒りはある。けれど、今回の捜査中、一路は何度も紅太のことを助けてくれていた。そんな一路に対し、あの物言いはあんまりではなかったか。けれど、今更訂正することも出来ない。何より、一路も紅太に対しては大概愛想も尽きているはずだ。

「その……」

何か言わなければと、とりあえず口を開く。

「行くな」

けれど、そんな紅太の言葉に重ねるように、ぽつりと一路が口にした。

「……は？」

「だから、行くなと言ってるんだ。お前は、管理係に必要な人間だ。いや違うな、俺がお前に、ここにいて欲しいんだ」

「……へ？　いや、あの……え？」

思ってもみなかった一路の言葉に、どう反応してよいのかわからない。

「それから……すまなかった」

厳しい表情のまま、一路が頭を下げた。その姿を見た紅太の目が、大きく見開く。

「一度ならず、二度までも同じような目に遭っていたお前に、怒りが抑えられなかったんだ。だけど、お前の気持ちも考えずに無理やり抱いたことは、悪かったと思ってる」

「いえ……別に……」

一路にしては珍しい、殊勝な顔だった。そんな顔で謝られてしまえば、紅太もこれ以上責める気にはなれなかった。

「最初の時も、事件を言い訳に強引に抱いたことは申し訳なかった。ただ、あの時にはあまりに無防備で、さらに捜査のためなら身体まで使おうとするお前の態度に、どうしてこんなにも苛立つのかわからなかったんだ。まあ……その理由は、抱いてみたらわかったんだが」

常に物事を冷静に伝える一路が、今日は少し焦っているように見える。なんとか、自分の気持ちを伝えようと、考えあぐねているような、そんな感じだ。

「元々、初対面の時から、お前は気になる存在だった。全く関係のない国で、見ず知らずの人間を助けようとするなんて、そんなバ……勇気ある人間が、いるとは思わなかったからな」

「今、バカって言おうとしませんでした？　というか、そもそも俺のことが気になったのは顔がきっかけだって……」

「ああ、もちろんそれが一番の理由だ」

やっぱり。

そこのところは、全くといっていいほどぶれていないようだ。

「まあ、最初は胡散臭いと思っていたのは事実だ。これといった見返りがあるわけでもないのに、危険を顧みず、他者のために動ける人間がいるとは思えなかったからな。こんな時代だ、損得勘定で動く人間がほとんどで、俺の周りは特にそうだ。だが、ものは試しに部下にしてみれば、誰にも評価をされないのに懸命に働いている。最初は熱心さをアピールされてるのかと思ったが、そうでもないようだし。全くもって、理解が出来なかった」

一路は褒めてはくれているようなのだが、いまいちそんな風に聞こえないのはその言い方のせいだろうか。

「生真面目で融通は利かないし、正直、面倒くさいのがきたと思った。そのうち、あまりにも献身的な態度が鼻につくようになった。どうして、そこまで他人のために動けるんだ。どうしてもっと自分自身を大切にしないんだってな。その理由が、お前を抱いてみてようやくわかった。俺はお前をとても大切に思っている。だから、お前がお前自身を大切にしないことに腹が立ったんだ」

思ってもみなかった一路の言葉に、紅太の顔に熱が溜まっていく。あくまで、優しさから気にかけてくれているだけだ。わかってはいるものの、単に身体だけを求められていたわけではなかった。それがわかっただけでも、嬉しかった。

「もう、いいです。それだけ言ってもらえれば十分です」

だからといって、勘違いしてはいけない。

「でも、それでもこういう関係は俺には受け入れられません。身体だけの関係って、やっぱり虚しいですよ」

紅太の方は、一路に特別な感情を持っているだけに、なおさらだ。

「篠宮さんのことを、ちゃんと大切にしてあげてください」

外見の美しさは勿論、その人柄も良いことは、紅太もよくわかっていた。とても、自分が敵うような相手ではない。一路だって、篠宮と一緒にいる時にはいつもより穏やかに見えた。痛む胸に気付かぬふりをして、紅太はっきりとそう言った。

「カンナ？　何でここにあいつの名前が出てくるんだ？」

「……付き合ってるんだから、当然じゃないですか」

一体、何を言っているんだとばかりに紅太が言えば、ますます一路が顔を顰めた。

「誰が、誰と？」

「だから一路さんが、篠宮さんと」

紅太の言葉に、思い切り一路が顔を引きつらせる。その表情を見れば、さすが紅太も違和感を覚える。

「ちょっと待て……。一体、なんでそんなことになってるんだ……？」

「え？　いや、でも……！　篠宮さん、水嶋さんに言われて、はっきりそう言ってたじゃないですか」

「あんなもの、酔っ払い相手の冗談に決まってるだろ」

言われてみれば、確かにその通りだ。しかも思い返してみれば、一路の方は篠宮の冗談に全く取り合っていなかった。

「だ、だけど……！　すみません、盗み聞きするつもりはなかったんですが、俺、聞いてしまったんです。一路さんとホテルに泊まった夜、一路さんが篠宮さんに電話をしているのを」

あの時、確かに一路は、「愛している」と電話の相手に伝えていたはずだ。

「電話……？」

記憶の糸を手繰っているのだろう、一路の眉間に皺が寄り、次に「ああ……あれか」とうんざりとした顔になった。

それは、とても恋人との甘い電話を思い出したような、そんな顔ではなかった。

「確かに電話はしていたが、お前、どこから話を聞いてた？」

「え？　仕事の方はどうかとか、近況なんかを……実は、寝ぼけていたので俺もすべて聞き取れていたわけじゃないんですが」

「とりあえず、お前が聞いていた電話の相手は、カンナじゃない。母親だ」

「……は？」

　声が出るまで、優に数十秒はかかった。

「え!?　いや、相手がお母さんって……だって一路さん、愛してるって……あ」

「おい、今もしかしてマザコンかも、とか思ったんじゃないんだろうな？」

「い、いえ？　お母さんを大切にするのは良いことだと思いますよ？」

「だから、それがそもそも誤解だ。いや、大切にしてないことはないんだが……母にはもう二年近く会っていない。電話だって来たのは数か月ぶりだ」

「それは……」

　確かに、社会人ともなれば学生時代とは違い、実家との距離が開くことは珍しくもない。ただ、警察官という仕事柄、なかなか帰省する機会がなかったということだろうか。

「元々生まれも育ちもアメリカだったからだろうな。日本での生活にも馴染めず、一年のほとんどをあっちで生活している。まあ、父は日本にいることの方が少なかったし、夫婦仲は良かったが、母親らしいことをしてもらった記憶はないな。ただ寂しいのか、昔から電話の最後に必ず『愛してる』って言うんだ。ガキの頃ならまだしも、この年になって勘弁してほしいが、こっちも言わなきゃ拗ねる始末だ」

そう言った一路の顔は引きつっていて、それが事実であることはわかる。むしろ、気まずくなるのは今度は紅太の方だ。

「じゃ、じゃあ篠宮さんは……」

「学生時代にアメリカに留学してた頃からの友人だ。あいつはまだハイスクールの学生だったけどな……なんだ？」

俯いている紅太を気遣うように、一路が声をかける。

「勝手に誤解して、右往左往していた自分に、自己嫌悪しているだけです……」

一路のことを、恋人がいるのに自分に手を出したのだと勝手に決めつけていたのだ。あまりに申し訳なくてそれを話せば、一路はなんともいえない顔をした。

「すみません……」

「いや、気持ちを伝えなかった俺にも責任はあるし、お前があそこまで拒否した理由もようやくわかった」

とりあえず怒ってはいないことが分かり、ホッとする。

「まあ、誤解が解けたならよかったな。一課への異動は断っておくぞ」

「へ？」

「お前のことだ。どうせ、俺とカンナのことを誤解して、どうすればいいのかわからず、ぐちゃぐちゃ考えた末に異動しようと思ったんだろ？　恋人のいる相手を好きになっても仕方がない、みたいなことを考えて」

「……え？　はあああ⁉」

ここ数日の紅太の心の葛藤をずばりと言い当てられ、驚いて素っ頓狂な声が出てしまう。

「安心しろ、俺も恋人はいないしフリーだ。これで晴れて両思いだな」

「ちょ、ちょっと待ってくださいよ。俺が、いつ一路さんのことを好きだって」

言いながらも、顔が赤くなっている時点で肯定しているようなものだ。それでも、あれだけ悩んだのだ。まだ頭の処理は追いつかないし、何より一路自身に断言されてしまうと素直に頷くことが出来ない。

「毎日のようにあんな熱心な視線を送られれば、好きだと言われているようなものだろ」

「いや、あれは……」

確かに毎日見ていたが、最近はともかく、最初の頃はいつか見返してやると心に誓っていたはずだ。だけど、それを一路自身に言うのは忍びない。

「それに、お前は自分で思う以上に気持ちが出やすいと前から言っているだろう。まさに、目は口程に物を言うだな」

「確かに、そうですけど……」

愛想笑いが出来ないのは、紅太にとってコンプレックスでもあった。

「そもそも、好きじゃなきゃここまで人格が破綻《はたん》している俺の世話をするわけないだろ」

一路に人格が破綻しているという自覚があったことに驚いた。そうは言っても。

「勝手に俺の気持ちを決めないでください、そもそも一路さん、好きになるなって言いませんでした？」

あまりに言われっぱなしが面白くなく、反論すれば、一路は眉間にしわを寄せて首を傾げた。

「記憶にないな」

「外見と違って中身はクソみたいだって言ったのだって、一路さんですけど？」

「……そんなことを言ったか？」

忘れていた、抜群に記憶力の良い一路だが、自分に都合が悪いことや些末なことはきれいさっぱり忘れてしまうことを。

「なんにせよ、お前のことが気になって、お前も俺のことを憎からず思っていることは確かだ。じゃなきゃ、二度目に抱いた際、あそこまで傷ついたような顔はしない」

「……それは、そうですが」

確かに、気持ちがあるからこそ、あの時紅太は一路を受け入れるのに抵抗があった。

「まあ、それでもお前が納得出来ないなら」

戸惑っている紅太に、一路がゆっくりと歩み寄る。

「それを確かめるためにも、もう一度お前は抱かれるべきだと思わないか？」

大きな手のひらで、紅太の頬に触れた一路が、優雅に微笑む。

一路の台詞に少し呆れつつも、優しい笑顔に胸が高鳴り、その言葉が嬉しいと思ってしまう。悔しいが、一路の言う通り、自分の気持ちはとっくに決まっている。紅太が一路に対して微笑むと、一路も笑みを返してくる。

そして紅太は、自身の頬に触れている一路の手の甲を、思い切り抓りあげた。

「っ痛」

思ってもみなかった紅太の行動に、さすがの一路も驚いたようだ。

「思いません！　そもそも、順番が違いますから！　普通、そういうことはお互いに気持ちを確かめ合ってからするもんでしょ？　なに身体から篭絡《ろうらく》しようとしてるんですか」

「クソ真面目……」

「何か言いました⁉」

手の甲を撫でながら呟いた一路に言い返せば、珍しく一路が考え込んでいる。

「なんて言えばいいんだ？」

「は？」

「告白なんて今までしたことがないんだ。なんて言えばいいのかわからない」

日頃あれだけ口がまわるというのに、肝心な所でこれなのか。呆れつつも、頭を悩ませる一路の姿は新鮮で、少しだけ可愛く見えた。

紅太は微笑むと、一路の方へと近づき、自分より高い位置にあるその端整な顔を見つめる。

「好きです」

そして思い切り背を伸ばすと、一路の唇へと自身のそれを重ねる。

ただ触れるだけのキスだったが、さすがに驚いたのだろう。一路の目が大きく見開かれ、離れようとする紅太の身体を強く引き寄せた。

「んっ……」

片手で顎を掴まれ、再び唇が重ねられる。結局、一路からは何も言っていないじゃないか。そんな不満が少しだけ湧いたが、文句は後で言えばいいだろう。

今は紅太も、一路とこうしていたかった。

END

■あとがき■

初めまして、こんにちは。はなのみやこです。

大好きなショコラ文庫さんで、大好きな警察物を書かせて頂きました。

元々、警察小説や刑事ドラマが大好きで、刑事ドラマは毎クールチェックしています。

警察物は、いつか書きたいと思っていたので資料もたくさん。さあ気合い入れて書くぞ……と思ったら、気合いが上滑りして担当さんに多大なご迷惑を！　すみませんでした！

だけど、書いている間はとても楽しかったです。

参考？　までに子供の頃夢中になっていた「事件は会議室……」の台詞で有名なドラマも見直したりしました。ちなみに今のお気に入りの刑事ドラマは……多分、この小説を読んでくださった方にはわかると思います（笑）

　担当さんから「変なキャラにして大丈夫ですよ」と言われて調子に乗って書いたら「変すぎます！」と言われた一路ですが、最終的にはだいぶかっこよくなったかな……なってたらいいな、と思います。


　紅太は気持ちを抑え気味な性格なこともあり、なかなか難しかったのですが、最終的には一路との関係もしっくりきたかなと。

凸凹《でこぼこ》コンビの二人ですが、読んでくださった皆様に気に入っていただけましたらとても嬉しいです。

最後に謝辞を。美しいイラストで作品世界を表現してくださったkivvi《きび》先生、ありがとうございました。一路のあまりのカッコよさに、不覚にもときめいてしまいました。

プロットの段階から、根気よく付き合ってくださった担当A様、お世話になり過ぎて、もう足を向けて寝られません。

そしてこの本をお手に取ってくださった皆様、ありがとうございます。また、どこかでお会いできましたら幸いです。

令和元年　夏　　　　はなのみやこ

初出
「恋と謎解きはオペラの調べにのせて」書き下ろし

この本を読んでのご意見、ご感想をお寄せ下さい。
作者への手紙もお待ちしております。

あて先
〒171-0014東京都豊島区池袋2-41-6
第一シャンボールビル 7階
(株)心交社　ショコラ編集部

恋と謎解きはオペラの調べにのせて

2019年9月20日　第1刷

著　者:はなのみやこ
発行者:林 高弘
発行所:株式会社　心交社
〒171-0014　東京都豊島区池袋2-41-6
第一シャンボールビル 7階
(編集)03-3980-6337 (営業)03-3959-6169
http://www.chocolat_novels.com/
印刷所:図書印刷 株式会社

運命の向こう側

安西リカ

イラスト・ミドリノエバ

たとえ“番”じゃなくても君に必ず恋をする

偏見の対象であるΩでありながらも持ち前の明るい性格で前向きに生きてきた春間。期待を胸に高校の入学式に出席すると、思いがけず運命の番である冬至と出会う。それから11年、αであるが故に傲慢なところはあるが愛情を出し惜しみしない冬至と幸せな日々を過ごしていた。だが、子どもを産んでほしいと熱望する冬至とは対照的に春間はなかなか決心がつかない。そんなある日2人はバース性が存在しない別世界にきてしまい――!?

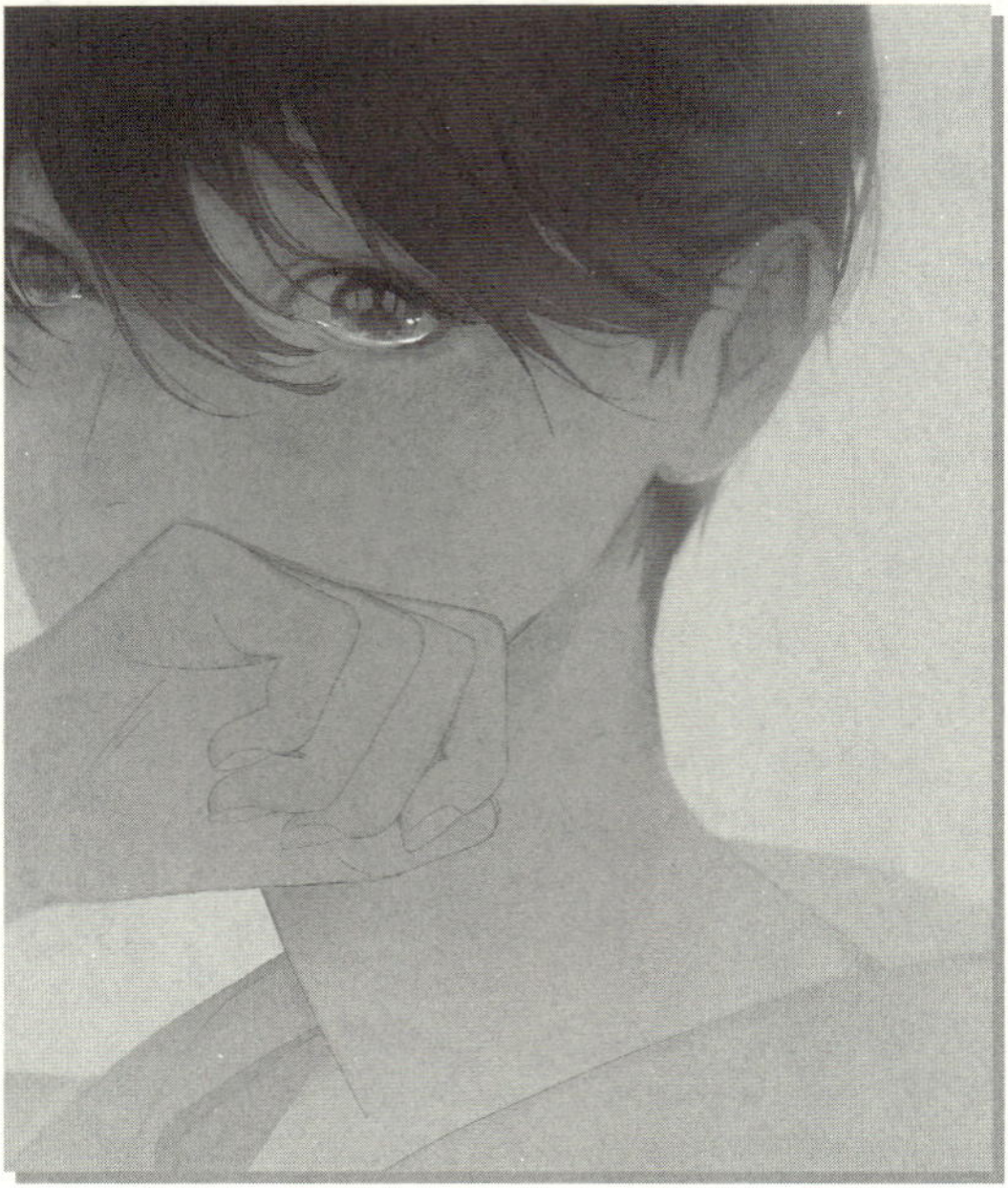

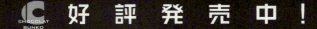